राधिका

राधिका

सुजीत कुमार

राधिका

ISBN: 978-93-8022-302-5

भारत सन् 2016 में प्रकाशित
जेन्नेकस्ट पब्लिकेशन
5, अंसारी रोड, दरियागंज, नई दिल्ली-110002
Phone : 9811692060
ई-मेल: gennextpublication@hotmail.com

"कुछ भी हासिल तभी होगा जब हिम्मत करके कोशिश करोगे और आगे बढ़ोगे। अगर कोशिश ही न करो तो इस बात की खुशी होगी कि हारे नही या असफल नही हुए पर कभी भी जीत या सफलता का स्वाद नही चख पाओगे। लेकिन अगर कोशिश की तो दो बातें हो सकती हैं–जीत या हार। अगर जीत गये और सफल हो गये तो खुशी होगी और अगर हार गये तो अगली कोशिश के लिए अनुभव मिलेगा। इसलिए कोशिश करना और जी जॉन से करना। एक बार जीत का स्वाद मिलेगा तो आगे ही बढ़ते जाओगे। आगे, आगे और आगे।"

ये सारी बातें मनोहर के गाँव के स्कूल में नये-नये आये हेडमास्टर साहब बोल रहे थे। 10 वर्षिय मनोहर को यह सब जरा भी समझ में नही आ रहा था। वह तो बस यही सोच रहा था कि वह भी तो आगे ही बढ़ता है, अपने खेतों में, खलीहानों में और अपने दोस्तों के साथ खेलने में। वह तो हमेशा जीतने की कोशिश करता है। पढ़ाई में भी वह मन लगाकर पढ़ता है। फिर हेडमास्टर साहब किस कोशिश की बात कर रहे हैं। वह क्या, उसके माँ-पिताजी, चाचा-चाची और सारे गाँव वाले तो काम करते ही हैं। फिर और क्या कोशिश करेंगें और जीत कैसी। जीत या हार तो केवल खेल में होता है। वह इन्ही बातों में खोया था कि तभी तालियाँ बजने लगीं क्योंकि हेडमास्टर साहब का भाषण खत्म हो गया था। स्कूल से छुट्टी होने के बाद भी उसके दिमाग में हेडमास्टर साहब की बातें गुँज रही थीं। वह समझ नही पा रहा था कि हेडमास्टर साहब किस हिम्मत या कोशिश या आगे बढ़ने की बात कर रहे थे। स्कूल से घर लौटते समय रास्ते भर वह यही सोंच रहा था कि वह तो अभी भी आगे ही बढ़ रहा है, अपने घर की ओर। यही सब सोंचते-सोंचते मनोहर घर पहुँच गया। घर पहुँचते ही माँ ने खाना दिया और खा पीकर मनोहर अपने दोस्तों के साथ खेलने चला गया।

मनोहर पटना जिले के एक गाँव में अपने माँ-बाप, शकुंतला और विष्णु के साथ रहता था। वह उनका एकलौता बेटा था तथा अभी पाँचवी क्लास में था। पढ़ाई में गाँव के और बच्चों की तुलना में ज्यादा होशियार था और इसलिए गाँव के बाकी लोग भी उसे मानते थे। विष्णु और शकुंतला की इच्छा थी कि मनोहर पढ़-लिखकर बड़ा आदमी बने। इसलिए विष्णु उसे खेती या दूसरे कामों में कम ही लगाता तथा उसे जब भी खेती से समय मिलता वह मनोहर से उसकी पढ़ाई के बारे में पुछ लेता। वह हमेशा मनोहर को और पढ़ने के लिए प्रोत्साहित करता। उस दिन भी जब शाम को मनोहर खेलकर लौटा तो विष्णु ने मनोहर से उसके पढ़ाई के बारे में पुछ लिया—"आज स्कूल में क्या हुआ, आज तो तुम्हारे नये हेडमास्टर जी आये थे।"

मनोहर ने अपने मन की दुविधा पिताजी के सामने रखी—"हेडमास्टर जी पता नहीं कौन सी कोशिश करने और आगे बढ़ने के बारे में बोल रहे थे। पिताजी आगे बढ़ने का मतलब क्या होता है। हम सभी तो आगे ही बढ़ते हैं, कोई पीछे की ओर तो नही चलता।"

विष्णु हँसने लगा और मनोहर को उसने गोद में लेकर कहा—"बेटा आगे बढ़ने का मतलब आगे की ओर चलना नही होता है। आगे बढ़ने का मतलब होता है मेहनत करके अपने और अपने समाज के रहन-सहन को और बेहतर बनाना। अब जैसे तु अभी पढ़ाई कर रहा है। खुब मेहनत से पढ़ाई करेगा तो अच्छी नौकरी मिलेगी, शहर में अपना घर होगा, कार होगी। तब हम सब तुझ पर गर्व करेंगें और तु जीवन में आगे बढ़ेगा।"

मनोहर ने अपने बालमन के सवाल को रखा—"तो क्या तब भी आप लोग यही रहेंगें। आप लोगों को भी तो हमारे साथ शहर में रहना होगा।"

विष्णु ने हँसते हुए जवाब दिया—"तब की तब देखेंगें, तुम और तुम्हारी पत्नी का क्या सोंच रहेगा।"

"लेकिन तब भी तो चाचा, चाची, राजु और चुन्नु (मनोहर का चचेरा भाई) इसी गाँव में ही रह जायेंगें।"

"हाँ बेटा, उन्हें गाँव में ही रहकर खेती करना होगा क्योंकि राजु और चुन्नु मन लगाकर नही पढ़ते।"

मनोहर ने अपने अंदर चल रहे दूसरे सवाल को रखा–"लेकिन पिताजी खेती करने में भी तो बहुत मेहनत करनी पड़ती है। फिर भी लोगों के रहन सहन में सुधार क्यों नही होता। हम लोग कड़ी मेहनत करके फसल उगाते हैं पर फिर भी गरीब ही क्यों रह जाते हैं।"

विष्णु ने समझाया–"इसलिए कि दुनिया में दिमाग कि जरुरत ज्यादा है। बाकी तु बड़ा होकर खुद समझ जायेगा। चल अभी खाना खाते हैं।"

अब कुछ बातें मनोहर के समझ में आने लगीं पर अब भी वह पूरी तरह संतुष्ट नही हो पाया था। यही सब सोंचते-सोंचते वह खा-पीकर सो गया।

वैसे तो स्कूल और गाँव में मनोहर के कई दोस्त थे पर उसके गाँव का ही संतोष उसका सबसे करीबी दोस्त था। हम उम्र होने के साथ-साथ दोनों एक ही क्लास में पढ़ते थे और दोनों के सोंच भी काफी हद तक मिलते थे, जैसे माँ-बाप और बड़ों की बातें मानना, कम से कम शरारत करना इत्यादि। परंतु पढ़ाई में संतोष थोड़ा पीछे था। पर संतोष को मनोहर के पढ़ाई में ज्यादा तेज होने से कोई इर्ष्या नही थी और न ही मनोहर को कोई घमंड था। सच्ची दोस्ती की यही सबसे बड़ी नींव होती है और शायद इसीलिए दोनो में खुब अच्छी बनती थी। दोनों अक्सर साथ देखे जाते थे। क्रिकेट खेलने में दोनो अक्सर एक ही पार्टी में होते थे। उनके मन में जो भी बातें आतीं, अक्सर वे एक दूसरे को बताया करते थे। अगला दिन रवीवार था, यानि स्कूल में छुट्टी। सुबह नास्ता वगैरह करके दोनों गाँव के तालाब के किनारे जा कर एक पेड़ की छाँव में बैठ गये। पहले भी कई बार वे वहाँ आ चुके थे।

वहाँ का दृष्य काफी मनोरम था। तालाब के चारों ओर चबुतरा बना था और तालाब में पानी भी लबालब भरा था। एक छोर पर 7-8 पेड़ एक कतार से लगे थे जिनमें 4 पेड़ आम के थे तथा बाकि नीम, बरगद और पीपल के पेड़ थे। लोगों के बैठने के लिए सीमेंट का अलग से चबुतरा बना था। तालाब के दूसरी छोर पर कई प्रकार के सुन्दर फुल लगे थे। कुल मिलाकर वहाँ का दृष्य ऐसा था कि कोई भी वहाँ आये तो बाकि सब भुलकर वही खो जाये। ऐसे में दोनो दोस्त हमेशा की तरह चबुतरे पर बैठकर एक-दूसरे के साथ अपने अंतर्मन में उठने वालों सवालों को साझा कर रहे थे।

संतोष ने अपनी खुशी जाहीर की-"यहाँ आकर कितना मजा आता है।"

"हाँ वो तो है यहाँ कितनी भी देर बैठो, जी नही उबता है।"

"चल गिल्ली-डंडा खेलते हैं।"

मनोहर ने उदासी से कहा-"नही यार, अभी मूड नही है।"

"क्या हुआ, आज तु बड़ा खोया-खोया लग रहा है।"

"नहीं, ऐसा कुछ नही हैं।"

"पर फिर भी, कुछ बात तो है। क्या बात है, हमें भी तो बताओ।"

मनोहर ने संतोष से भी अपने दिल की बात कही-"कल स्कूल में नये वाले हेडमास्टर साहब जो बोल रहे थे वो सब कुछ तुम्हारे समझ में आ गया।"

"नहीं, पता नही वे क्या-क्या बोले जा रहे थे। हिम्मत करो, आगे बढ़ो। हम लोग आगे की ओर ही तो चलते हैं। दुनिया में कोई पीछे की ओर चलता है क्या।"

"नही संतोष, हेडमास्टर साहब के कहने का मतलब आगे की ओर चलना नहीं, बल्कि जीवन में आगे बढना था। जैसे हम लोग पढ़-लिखकर अच्छी नौकरी पायेंगें, शहर में अपना घर बनायेंगें। इसी को जीवन में

आगे बढ़ना कहते हैं। मतलब अपने रहन-सहन को और अच्छा करना।"

"अच्छा तो उनके कहने का ये मतलब था। पर यह सब तुम्हें किसने बताया?"

"कल शाम को पिताजी ने।"

"भई नौकरी पाने के लिए तो बहुत पढ़ना पड़ेगा जिसमें मेरा मन नही लगता। तु ही शहर में नौकरी करना। मै तो गाँव में ही रहुँगा।"

मनोहर ने संतोष को हिम्मत दिलाया-"अरे हिम्मत मत हार। हम दोनो साथ में पढ़ेंगें।"

"यार अभी ये सब छोड़। चल ना गिल्ली-डंडा खेलते हैं।" - संतोष ने मनोहर का हांथ खींचते हुए कहा।

मनोहर हंसने लगा और बोला-"चल भई, जैसी तेरी मर्जी।" फिर दोनों गिल्ली-डंडा खेलने लगे।

इसी तरह खेलते और पढ़ते मनोहर बड़ा होने लगा। पर उसके मन में हमेशा हिम्मत, जीवन में आगे बढ़ना, मेहनत से पढ़ना, शहर में नौकरी जैसे शब्द गुंजते रहे। नये प्रधानाध्यापक साहब भी बीच-बीच में ये शब्द दुहराते रहते थे।

एक बच्चा छोटे में ही जो रास्ता पकड़ लेता है वह उसी रास्ते पर आगे बढ़ता जाता है। जहाँ कुछ बच्चे स्कूल, समाज तथा घर-परिवार में बताये जाने वाले अच्छी बातों पर ध्यान नही देते वही कुछ बच्चे बचपन से ही इन बातों के प्रती सजग होते हैं और वह इन्ही बातों पर सोंचते रहते हैं। उनके अंतर्मन में हमेशा यह विचार चलता रहता है कि क्या करें और क्या न करें। अपने विवेक के आधार पर वे ये फैसला लेते रहते हैं। कोई बच्चा अच्छी बातों को आत्मसात करने के प्रति सजग होगा की नहीं, यह कई बातों पर निर्भर करता है। कुछ हद तक तो घर-परिवार तथा आस-पड़ोस का माहौल इसके लिये उत्तरदायी है पर काफी हद तक बच्चे की किश्मत भी इसके लिए जिम्मेदार है। वैसे यह

बात सही है कि माँ-बाप चाहें तो बचपन से ही अपने बच्चे को सही मार्ग दिखा सकते हैं, अच्छी बातों पर अमल करने कि लिए प्रोत्साहित कर सकते हैं और काफी हद तक इसका फायदा भी होता है। पर कई मामलों में यहाँ भगवान की ही मर्जी चलती है। यह मनोहर की किश्मत थी और भगवान की कृपा थी कि वह अच्छी बातों को अपनाये जाने के प्रति सजग था और उन पर कैसे अमल किया जाय इस पर विचार करता रहता था।

इसी तरह 3 साल बीत गये। मनोहर थोड़ा और समझदार तथा बड़ा हो गया। अब वह हाई स्कूल में चला गया था। अभी तक वह गाँव में ही पला बढ़ा था तथा शहर की जिन्दगी से अनभिज्ञ था। वह बीच-बीच में नानी घर तथा अपने बुआ के यहाँ भी गया। पर ये सब भी गाँव में ही थे। वह कई बार पिताजी के साथ शहर के बाजार में गया तो था, पर कुछ घंटों में ही खरीदारी पूरी करके लौट भी आया था।

एक बार मनोहर के दुर के मामा, जो दिल्ली में रहते थे, के लड़के की शादी में आने का निमंत्रण मिला। पहले तो विष्णु दिल्ली जाने से हिचकिचा रहा था। पर मनोहर ने जिद किया कि उसे दिल्ली देखना है। काफी जिद करने पर विष्णु मनोहर के साथ दिल्ली जाने को राजी हो गया।

विष्णु की किसी तरह की बुरी आदत नही थी, जैसे बीड़ी, गांजा, शराब आदि की आदत। घर में उसने दो गायें भी पाल रखी थीं। खेती भी बहुत अच्छी नही पर ठिक-ठाक थी। इन सबसे जो भी पैसा बचता उसे वह बैंक में जमा करता जाता था। भगवान की कृपा थी कि घर में किसी को कोई बड़ी बिमारी नही हुई, इसलिए इतने वर्षों में उसने कुछ पैसे जमा कर लिये थे। उसका सपना था कि मनोहर पढ़-लिखकर कोई अफसर बने।

इन्ही बचे पैसों में से कुछ निकालकर दोनो बाप बेटे शादी से दो दिन पहले दिल्ली के लिए रवाना हुए। नवम्बर का महीना होने के

कारण अधिक कपड़े भी ले जाने कि आवश्यक्ता नही पड़ी। दोनो पटना स्टेशन पहुंचे। विष्णु ने साधारण श्रेणी का टिकट लिया और दिल्ली जाने वाली ट्रेन में बैठ गया। बड़ी मुश्किल से उन्हें बैठने के लिए जगह मिली। पूरी बोगी खचा-खच भरी थी।

यह सब देखकर मनोहर आश्चर्यचकित था कि इतने सारे लोग दिल्ली क्यों जा रहे हैं। जब ट्रेन चली तो लोगों ने आपस में बात-चीत करना शुरु किया। विष्णु भी अपने बगल वाले मुसाफिर से बातें करने लगा:

विष्णु ने पुछा–"आप कहाँ तक जायेंगें भैया"

मुसाफिर ने बड़ी ही सादगी से जवाब दिया–"दिल्ली जाऊँगा, और आप"

"मुझे भी दिल्ली ही जाना है। क्या करते हैं आप दिल्ली में।"

"एक बिल्डर के यहाँ मजदूरी करता हूँ।"

"बिल्डर का क्या मतलब हुआ।"

"शहरों में जो लोग उँचे-उँचे मकान, अपार्टमेण्ट, बिल्डींग बनाते हैं, उन्हें बिल्डर कहते हैं"

"तो आप बिल्डींग बनाने में कौन सा काम करते हैं।"

"जो भी काम बोल दिया जाये। जमीन खोदने से लेकर इंटा-बालु या सीमेंट ढ़ोने या और भी जो काम कहा जाये, सब कर लेते हैं।"

"इसमें तो बहुत मेहनत है। एक दिन में कितना देर काम करना पड़ता है।"

"लगभग 12-13 घंटे।"

विष्णु ने आश्चर्य से कहा–"12-13 घंटे! इतना कठिन काम और 12-13 घंटे। फिर तो शाम होते-होते, कमर टुट जाती होगी।"

तभी एक दूसरा मुसाफिर बोल पड़ा, जो भी शायद ऐसा ही कोई काम करता था–"मत पुछो भैया। काम खत्म करके जब घर लौटते हैं

तो कुछ भी दिखाई नही देता। हालत एकदम पस्त हो जाती है। बस जैसे-तैसे खा-पीकर सो जाते हैं"

"और रहते कहाँ हैं"

पहले वाले मुसाफिर ने ही दुखभरी लबजों में कहा–"रहने का भी बस ऐसा ही है। एक-एक कमरे में 5-5 लोग रहते हैं"

विष्णु ने उन लोगों के प्रति अपने मन की संवेदना व्यक्त की–"आप लोग तो बड़ी तकलीफ में रहते हैं"

दूसरे वाले मुसाफिर ने कहा–"हाँ भैया, क्या करें, खेती कुछ खाश है नहीं। इसलिए घर चलाने के लिए किसी भी तरह पैसों का इंतजाम तो करना ही पड़ेगा। सो मेहनत–मजदुरी कर लेते हैं।"

मनोहर इन सब की बातें बहुत ध्यान से सुन रहा था। वह सोंच रहा था कि ये लोग कितनी मेहनत करते हैं, गाँव में खेती करने से भी ज्यादा। पर फिर भी ढ़ंग से रहने का ठिकाना नही है। रोज का 12-13 घंटे का कितना कठिन काम करते हैं ये लोग। वह बैठा-बैठा सोंच रहा था कि उसके गाँव के भी एक भैया दिल्ली में काम करते हैं। वह भी शायद कुछ ऐसा ही करते होंगें। खेती की जमीन उनके पास काफी है, पर उनका परिवार भी बड़ा है। माँ-बाप, 3 बहनें और दो छोटे भाई। सब कहते हैं कि खेती में कुछ ज्यादा बचता नहीं। इसलिए भैया दिल्ली में काम करते हैं और पिता तथा छोटे भाई खेती-बारी का काम देखते हैं। लेकिन मनोहर के मन में एक ही सवाल गुंज रहा था–आखिर खेती में बचता क्यों नहीं?

ट्रेन कई स्टेशनों पर रुकी और फिर चलती गई। इस बीच कई लोग चढ़े और उतरे। पर ज्यादातर लोग दिल्ली ही जाने वाले थे। कई खोमचे वाले भी चढ़े जिनमें कुछ मुंगफली बेच रहे थे, तो कुछ चीप्स, सामोसा, खीरा आदि बेच रहे थे। इन सभी को देखकर मनोहर के मन में वही सवाल उठ रहा था कि ये लोग भी तो काफी मेहनत करते हैं। फिर

इनका रहन-सहन बहुत बढ़िया क्यों नही है। यही सब सोंचते-सोंचते मनोहर बैठा-बैठा ही सो गया।

दिल्ली में मामा के यहाँ पहुँचने से पहले मनोहर ने कई लोगों को देखा। ट्रेन में खोमचे वाले, प्लेटफार्म पर कुली, सड़कों पर रिक्शा चलाने वाले और इन सब से पहले ट्रेन में सफर कर रहे उन मुसाफिरों को जो दिल्ली में मजदूरी करते थे। मनोहर के पास अपने ही सवाल का कोई जवाब नही था कि ये सभी लोग भी काफी मेहनत करते हैं पर इनका जीवन स्तर सुधरता क्यों नहीं।

बच्चे जब छोटे होते हैं तब वे बेझिझक अपने मन में उठ रहे सवालों को माँ-बाप से पुछ लेते हैं। पर जब वे किशोरावस्था में आते हैं तो वे अपने ही सवालों से जुझते रहते हैं। इस वक्त ऐसा ही कुछ मनोहर के साथ हो रहा था।

मनोहर के मामा का घर काफी बड़ा था। वह लगभग 3 दिनों तक वहाँ रहा। अगल-बगल के घर भी अच्छे बड़े तथा शानदार बने हुए थे। उन घरों को देखकर उसका सवाल और जोर मार रहा था कि आखिर इन घरों में रहने वाले कौन सा काम करते हैं जिससे इनका जीवन स्तर इतना बढ़िया है। ये लोग और कितना मेहनत करते होंगें।

इन्ही सवालों से लड़ता हुआ मनोहर वापस अपने गाँव भी आ गया। अगले दिन जब वह स्कूल गया तो उसका ध्यान पढ़ाई से ज्यादा अपने सवालों पर था। जब खेलने के लिए घंटी बजी तो सारे बच्चे दौड़ते हुए मैदान में चले गये और फुटबाल खेलने लगे। पर मनोहर क्लास में ही रुक गया और खिड़की से बाहर खेतों में लह-लहा रहे फसलों को देखते हुए पुनः अपने सवालों से लड़ने लगा। वह अपने आप में इतना खो गया कि उसे अगल-बगल का कुछ भी ध्यान नही रहा। तभी हेडमास्टर साहब आये और उन्होंने देखा कि मनोहर दूसरे बच्चों के साथ खेलने न जाकर खिड़की के पास खड़ा है। स्कूल में पढ़ाई में मन लगाने वाले कुछ गीने-चुने बच्चे ही थे और मनोहर उनमें एक था। इसलिए

हेडमास्टर साहब उसे नाम से पहचानते थे। जब वे मनोहर के पास पहुँचे तब भी मनोहर अपने आप में इतना खोया था कि हेडमास्टर साहब के आने का उसे पता ही नही चला। हेडमास्टर साहब ने उसे पीछे से पुकारा–“मनोहर!”

मनोहर अचानक से पीछे मुड़ा और हड़बड़ाते हुए बोला–“जी सर”

“यहां क्या कर रहे हो, खेलने क्यों नही गये?”

“सर बस ऐसे ही, मन नही था।”

“लगता है तुम कही खोये हुए थे, तभी तुम्हें मेरे आने का भी पता नही चला। किन बातों में खोये थे?”

मनोहर अपने मन के भावों को छुपाता हुआ बोला - “नही सर ऐसा कुछ नही है।”

“अगर कोई समस्या है तो बताओ”

“नही सर कोई समस्या नही है”

“क्या पिताजी ने कुछ कहा?”

“नही सर”

“तो फिर क्या बात है? कोई बात तो है जिसमें तुम एकदम खोये हुए थे। शायद मैं तुम्हारी कुछ मदद कर पाऊँ”

हेडमास्टर साहब के इस निमंत्रण पर मनोहर सोंच मे पड़ गया कि क्या अपने मन की बात हेडमास्टर साहब से पुछ लिया जाये। कहीं वे नाराज तो नहीं होंगें।

मनोहर को चुप देखकर हेडमास्टर साहब समझ गये कि मनोहर के मन में कुछ बात तो चल रही है। उन्होंने पुनः जोर देकर पुछा–“अपने मन की बात बेझिझक बताओ। मुझसे जो भी हो सकेगा मैं जरुर करुँगा।”

मनोहर ने धीरे से कहा–"नहीं सर वैसी कोई बात नहीं है। बस मन में एक सवाल बार-बार गुंज रहा था। उसी बारे में मैं सोंच रहा था। पर मुझे कोई जवाब नही सुझ रहा है।"

"सवाल! कौन सा सवाल?" - हेडमास्टर साहब ने मनोहर से पुछा।

मनोहर ने तब अपने मन की सारी बातें हेडमास्टर साहब को बता दिया–"सर पिछले हप्ते मैं अपने मामा के यहाँ दिल्ली गया था। रास्ते में मैं कई लोगों से मिला। उनमें से कुछ दिल्ली में मजदुरी करते थे, जैसे ईंटा बालु ढ़ोना, जमीन खोदना आदि, तो कुछ दिनभर रिक्शा या ठेलागाड़ी चलाते थे। ये सभी लोग दिनभर कितना मेहनत करते हैं सर। पर फिर भी ये लोग गरीब हैं और हमेशा पैसे की किल्लत में ही रहते हैं। इनका जीवन स्तर भी जस का तस रहता है। उसमें कोई सुधार नही आता। ठीक ऐसे ही हमारे गाँव के लोग भी खेती करने में कितना काम करते हैं। उनकी भी हालत जैसा पहले था वैसा ही आज भी चल रहा है। पर मेरे मामा तथा उनके अगल-बगल के लोगों का घर तथा रहन सहन कितना बढ़िया था। मेरे मन में बार-बार यही सवाल गुंज रहा है कि ये लोग और कितना अधिक काम करते हैं जिससे इन्हें दूसरे लोगों से ज्यादा पैसा मिलता है जबकि बाकी लोग भी काफी मेहनत करते हैं।"

हेडमास्टर साहब मनोहर के सवाल को सुनकर मंद-मंद मुस्कराने लगे। उन्होंने मनोहर से पुछा–"तुम्हारे क्लास में कितने बच्चे हैं।"

"लगभग 50 बच्चे हैं सर"

हेडमास्टर साहब बोले–"अगर मै सबसे गणित का एक सवाल पूछुँ तो तुम्ही बताओ तुम्हारे क्लास में कितने बच्चे सवाल का सही-सही जवाब दे पायेंगें।"

"ज्यादा से ज्यादा 5-6 बच्चे जवाब दे पायेंगें"

हेडमास्टर साहब ने फिर पुछा–"इसकी जगह अगर मैं कहुँ कि कुदाल लेकर एक गड्ढ़ा खोदना है तो अब बताओ कितने बच्चे यह काम करने को राजी होंगें।"

"सर गड्ढ़ा खोदने के लिए तो लगभग सभी बच्चे राजी हो जायेगें।"

हेडमास्टर साहब ने अब समझाया–"अब कुछ समझे। कुछ काम, खाशकर शारीरिक परिश्रम का काम ऐसा होता है जिसे अधिकांश लोग कर सकते हैं और करने को तैयार हो जाते हैं। परंतु जिस काम में दिमाग या बुद्धि की आवश्यक्ता होती है उसे करने के लिए बहुत कम लोग तैयार होते हैं क्योंकि इसके लिए पढ़ना पड़ता है, सारी मौज-मस्ती छोड़कर एकाग्रचीत होकर पढ़ाई में समय देना पड़ता है। शाम होने के बाद भी घर में टी. वी. देखना या गाना सुनना या फिर दोस्तों के साथ गप्पे मारना किसे अच्छा नही लगता। परंतु पढ़ने के लिए ये सारे मन को आनंद देने वाले काम छोड़ने पड़ते हैं। इसलिए पढ़ने वाले लोग बहुत कम होते हैं। अब इतना तो तुम भी जानते हो और समझ सकते हो कि दुनिया में जिस चीज की कमी होती है उसकी कीमत ज्यादा होती है। इसलिए पढ़े लिखे लोगों की माँग ज्यादा होती है और उन्हें न सिर्फ अच्छी नौकरी मिलती है बल्कि अच्छी तंख्वाह भी मिलती है। इसलिए ऐसे लोगों का जीवन स्तर उँचा होता है। अगर तुम भी चाहते हो कि तुम्हारा भी जीवन स्तर आगे चलकर अच्छा हो तो तुम्हे भी मन लगाकर पढ़ाई करना होगा।"

मनोहर को अब कुछ-कुछ अपने सवाल का जवाब मिला था। अब उसे समझ में आ रहा था कि शारीरिक तथा मानसिक परिश्रम में अंतर होता है। अपना जीवन आगे अच्छा कैसे हो, इसका भी जवाब उसे मिल गया था।

अब मनोहर पहले से भी ज्यादा मन लगाकर पढ़ने लगा। कोई भी व्यक्ति जिस काम को दिल से स्वीकार कर ले उसे वही अच्छा लगने

लगता है, चाहे वह कैसा भी काम क्यों न हो और फिर उसी काम में उसे तरक्की भी मिलने लगती है। लेकिन किसी भी काम को कोई दिल से तभी स्वीकार करता है जब उसे वह काम अच्छी तरह से समझ में आ जाता है।

कई बच्चे पढ़ाई से अक्सर दुर भागते हैं। इसका एक बड़ा कारण यह होता है कि उसे पढ़ाई समझ में नही आता। जबकि खेल उसे समझ में आता है और इसलिए खेलना उसे अच्छा लगता है। अगर पढ़ाई को भी खेल की तरह समझाया जाये तो बच्चे ज्यादा मन लगाकर पढ़ेंगें।

अब चुँकि मनोहर को सारे Subjects की जानकारी होने लगी थी इसलिए उसे पढ़ना अच्छा लगने लगा था। जब भी समय मिलता वह पढ़ाई में लग जाता। हालाँकि शुरु में मन लगाकर पढ़ने का उसका उद्देश्य अपने आने वाले जीवन को बेहतर करना था, पर अब उसे पढ़ाई करना खेलने से भी अच्छा लगने लगा था।

पर मनोहर का मित्र संतोष अब भी पढ़ाई में वैसा ही था, साधारण से भी नीचे। पढ़ाई में भले ही मन न लगाता हो, पर वह रहता था हमेशा मनोहर के साथ। मनोहर ने उसे कई बार समझाया पर उसने कभी भी उसकी बातों पर ठीक से ध्यान नही दिया। मनोहर नही चाहता था कि उसका मित्र जैसा है वैसा ही रह जाये। वह चाहता था कि संतोष भी उसके साथ-साथ पढ़ाई में मेहनत करे और आगे चलकर अपना जीवन स्तर सुधार सके। काफी सोंच-विचार कर मनोहर ने एक तरकीब निकाली।

मनोहर पढ़ने का तरीका जानता था। उसे पता था कि यदि एक बार पढ़ाई समझ में आने लगे तो यह खेल से भी मजेदार चीज हो जाती है। एक दिन जब वे खेलने के लिए तालाब किनारे मिले, तो मनोहर ने संतोष को समझाना शुरु किया–"देखो संतोष, अगर हमें अपने जीवन स्तर को अच्छा करना है तो हमें ठीक से पढ़ना ही पड़ेगा। नही तो हम आगे भी ऐसे ही रह जायेंगें।"

संतोष ने टालने के उद्देश्य से कहा–“अरे यार मुझे पढ़ाई समझ में नही आती है।”

“अरे यह इतनी मुश्किल भी नही है।”–मनोहर ने जोर देकर कहा।

“पर मैं क्या करुँ, मुझे पढ़ाई ठीक से समझ में नही आती।”

“वो इसलिए समझ में नही आती क्योंकि तू ठीक से पढ़ता नही है। ऐसा कर मै जितना कहुं तू सिर्फ उतना काम करना। इसके बाद भी यदि तुझे समझ में न आये तो मै फिर तुमसे कुछ नही बोलुंगा। पर मै जितना कहुं उतना काम ठीक से करना।”

“चल ठीक है। तु जो कहेगा वो मै करुंगा।”

मनोहर ने पहले कुछ असान Chapters को छांटा। उसका पहला उदेद्श्य था कि संतोष का पढ़ाई में दिल लगने लगे। मनोहर ने इन Chapters का Theory तथा Basic संतोष को ठीक से समझाया। सारे फार्मुलों को समझाया, उनका मतलब बताया तथा उन फार्मुलों का उद्देश्य समझाया। संतोष से उन फार्मुलों को रटवाया। फिर उस पर बनने वाले एक–दो सवालों को भी हल करके दिखाया। इसके बाद आगे के सवालों को संतोष को स्वंय हल करने के लिए दे दिया। शुरु–शुरु में तो संतोष काफी टाल–मटोल करता था। पर जब कुछ Chapters खत्म हो गये और उनके सवालों को उसने बना लिया तो उसे थोड़ा मजा आने लगा। अब वह भी नियमित तौर पर मनोहर के साथ बैठकर पढ़ने लगा। आसान Chapters के बाद धीरे–धीरे थोड़े कठीन Chapters भी उसे समझ में आने लगे। 5–6 महीने होते–होते उसे भी पढ़ाई में मन लगने लगा। अब वह भी स्कूल में अच्छे छात्रों में गिना जाने लगा।

इसी तरह 3 साल और बीत गये। मनोहर और संतोष ने मैट्रिक की परीक्षा दी। दोनो की ही परीक्षा बहुत अच्छी गयी थी तथा उन्हें उम्मीद थी कि वे काफी अच्छे अंकों से पास होंगें। पर इधर कुछ दिनों से संतोष की तबियत ठीक नही चल रही थी। रह–रह कर उसके पेट में दर्द उठता था। परीक्षा खत्म होते–होते उसकी हालत ज्यादा खराब

होने लगी। शुरु में 2-3 दिनों तक तो गाँव में ही घरेलू इलाज किया गया पर वह ठीक नही हुआ। फिर पास के एक कस्बे में एक डाक्टर से इलाज शुरु हुआ। इलाज करीब एक महीने चला पर कोई सुधार नही हुआ। इसके बाद उसे पटना के एक बड़े डाक्टर से दिखाया गया। पटना में इलाज कराने के लिए संतोष के पिता को गाँव के ही एक सुदखोर से उँचे ब्याज दर पर उधार भी लेना पड़ा।

पटना में जांच पड़ताल के दौरान पता चला कि संतोष को कैंसर है। इसके इलाज के लिए डाक्टर ने काफी महंगा इलाज बताया जो संतोष के घरवालों के वश के बाहर था और उन लोगों ने सब कुछ भगवान के भरोसे छोड़ दिया। फिर होना क्या था, बिमारी बढ़ती गयी और साथ में संतोष का दर्द भी।

अंत में संतोष सब को छोड़कर इस दुनिया को अलविदा कह गया। अभी परीक्षा का रिजल्ट लगभग 2-3 दिन में आने ही वाला था। पर मनोहर के मन में कोई उत्साह नही था। उसने अपने बचपन के मित्र को खो जो दिया था जिसके साथ वह अपने मन की सारी बातें शेयर किया करता था। उसे अपने जीवन में एक कमी सी महसुस होने लगी थी। उसे लगने लगा था कि वह अब अकेला हो गया है।

मनोहर इस सोंच में था कि संतोष के मौत का असली कारण क्या था। सिर्फ बिमारी या कुछ और भी। डाक्टर ने कहा था कि इलाज संभव था पर महंगा था। इसलिए उसके परिवार वाले उसके इलाज का खर्च उठा नही सके। उनके पास भी खेती अच्छी खाशी थी। उपज भी अच्छी होती थी और परिवार भी कोई बहुत बड़ा नही था। संतोष को लेकर उसके परिवार में कुल 5 सदस्य थे। पर अनाज बेचने से बहुत ज्यादा बचता नही था। मनोहर यह समझ नही पा रहा था कि अनाज बेचने से अच्छी आमदनी क्यों नही होती। उसे हेडमास्टर साहब की वो बात याद आ रही थी जिसमें उन्होंने कहा था कि जिस चीज की माँग ज्यादा होती है उसकी किम्मत भी ज्यादा होती है। एक आदमी को जिंदा रहने के

लिए जिस चीज की सबसे ज्यादा जरुरत है वो है भोजन जिसे किसान पैदा करते हैं। फिर उन किसानों को उपज का उचित मूल्य क्यों नहीं मिलता और वह हमेशा गरीब ही क्यों रहता है।

अभी वह यह सब सोंच ही रहा था कि मैट्रिक के परीक्षा का रिजल्ट भी आ गया। मनोहर आस पास के कई गाँवों तथा कस्बों में सबसे अच्छे अंकों से पास हुआ था। संतोष भी प्रथम श्रेणी में अच्छे अंकों से पास हुआ था, पर अब वह इस दुनिया में नही था। इतना बढ़िया अंक लाने के बाद भी मनोहर को कोई खुशी नही हो रही थी क्योंकि उसके साथ संतोष नही था। यह बात एकदम अक्षरशः सही है कि आदमी अपना गम भले ही अकेले झेल ले पर खुशियों का मजा कोई अकेले नही ले सकता। जब भी कोई खुशी का पल आता है तो हर कोई इस पल का आनंद अपनों के साथ ही लेना चाहता है। अभी तक संतोष ही एक मात्र ऐसा था जिसके साथ वह अपने मन की हर बात को शेयर किया करता था, चाहे खुशी का पल हो या कोई परेशानी या फिर कोई गम।

परंतु जिंदगी किसी के लिए रुकती नही और आगे बढ़ती ही रहती है। अब विष्णु की ईच्छा थी कि मनोहर इंगलिस मिडियम में पढ़े। इसलिए उसने मनोहर का एडमिसन पटना में 10+2 में एक अच्छे स्कूल में CBSE पाठ्यक्रम में करा दिया। पटना के ही एक होस्टल में रहने की व्यवस्था हो गयी।

अब मनोहर के लिए सब कुछ नया था। नया माहौल, नयी स्कूल, नये दोस्त। मनोहर पहली बार शहर में रहने लगा। शुरु के कुछ दिन तो नये वातावरण में अपने आप को ढालने में समय लगा। बड़े शहरों में सबसे बड़ी समस्या खाने की होती है। इसलिए विष्णु ने काफी खोज बीन तथा जांच पड़ताल के बाद एक टिफिन देने वाले से बात की। उस टिफिन वाले का खाना औरों से थोड़ा महंगा था पर विष्णु इसके लिए तैयार था क्योंकि मनोहर उसका इकलौता बेटा था और घर में कम खर्च

होने के कारण अभी तक उसने इतने रुपये जमा कर लिये थे कि वह मनोहर को ठिक-ठाक से पढ़ा सके। इसके अलावा विष्णु स्वस्थ शरीर का महत्व जानता था। उसे पता था कि खराब खाने से कई तरह की बिमारियों का खतरा रहता है जो आगे चलकर और घातक साबित हो सकते हैं। इसलिए उसने टिफिनवाले को सख्त हिदायत दी कि भले ही वह खाने में एक ही सब्जी दे पर क्वालिटी से कोई समझौता नही होना चाहिये।

इस तरह से अब मनोहर की नई जिंदगी शुरु हो गई। नया स्कूल उसके गाँव के स्कूल से काफी बड़ा तथा शानदार था। हर चीज सुन्दर थी। शानदार बिल्डिंग तथा दिवारें, चारों तरफ फूल, बाउण्डरी के किनारे पेड़ तथा एक घास से भरा खेल का मैदान। मनोहर को लगता था अगर ऐसा स्कूल उसके गाँव में होता तो कई बच्चे तो सिर्फ स्कूल देखने के बहाने ही स्कूल में पढ़ने आते। मनोहर गाँव से आया था तथा उसे अपनी जिम्मेदारियों का एहसास था। उसने तय किया कि वह कभी भी अपने माँ-बाप को तथा उनके सपनों को नही भुलेगा और उन्हें साकार करके ही रहेगा। इसलिए वह पढ़ाई में ही ज्यादा ध्यान तथा समय देता। वह +2 के साथ-साथ इंजीनीयरिंग की भी तैयारी कर रहा था। उसके क्लास के बच्चे हमेशा उसे भटकाने की कोशिश करते रहते थे पर मनोहर को हर समय माँ और पिता जी याद रहते थे। जैसे खुशबु को ज्यादा देर तक फैलने से रोका नही जा सकता ठीक वैसे ही तेज विद्यार्थी भी अधिक देर तक छुपे नही रह सकते। वे जल्द ही शिक्षकों तथा दूसरे विद्यार्थियों की नजर में आ जाते हैं। इसी तरह मनोहर के प्रतिभा को भी जल्द ही स्कूल के शिक्षक तथा दूसरे बच्चे पहचान गये। पूरे स्कूल में उसे सम्मान से देखा जाता था। पर मनोहर को न तो इन सब का कोई घमंड था और न ही वह इन सबसे विचलित होने वाला था। वह तो हमेशा अपनी पढ़ाई में ही लगा रहता। फैशन से भी उसे कुछ खाश लेना-देना नही था। कुल मिलाकर मनोहर एक सीधे बच्चे की तरह अधिक से अधिक पढ़ाई में लगा रहता था। ऐसे लोग अपनी सादगी के कारण भी दूसरों को जल्दी

ही आकर्षित कर लेते हैं। मनोहर के ही स्कूल में एक राधिका नाम की लड़की थी जो मनोहर के सादगी से काफी प्रभावित थी। परंतु वह Biology की Student थी जबकि मनोहर गणित का अर्थात आगे चलकर राधिका को डॉक्टरी की पढ़ाई करनी थी जबकि मनोहर को ईंजीनियरिंग की। इसलिए दोनो की कक्षायें भी अलग-अलग थी। पर राधिका की इच्छा थी कि उसे मनोहर से बात करने का मौका मिले। वैसे राधिका भी पढ़ने में काफी तेज थी और उसे भी सादगी भरी जीवन ही पसंद थी। शायद दोनो के स्वभाव मिलते थे इसलिए ही राधिका को मनोहर के प्रति झुकाव हो रहा था।

उपरवाले की कृपा से राधिका को मनोहर के पास आने का मौका जल्द ही मिल गया। हुआ यूँ कि जिले स्तर पर +2 के लिए विज्ञान का एक Quiz का आयोजन हुआ। सभी स्कूल से दो-दो विद्यार्थियों को जाना था। अपने स्कूल से मनोहर तथा राधिका को चुना गया। Quiz को इस तरह से बनाया गया था जिससे कि न सिर्फ प्रतिभागी बल्कि दर्शकों को भी मजा आये। आमतौर पर Quiz प्रतियोगिता में दो-तीन स्कूल के छात्र एक ही हॉल में बैठे होते हैं और एक कमेटी या कम्प्युटर बारी-बारी से सवाल पूछता है। पर यहाँ नया तरीका अपनाया गया। Quiz को एक क्रिकेट मैच की तरह बनाया गया। एक बार में सिर्फ दो स्कूल के ही छात्र आमने-सामने बैठे और सवाल पूछने का अधिकार भी छात्रों को ही दिया गया, जैसे वे गेंदबाजी कर रहे हों। केवल यह तय करने के लिए की सवाल सिलेवस से बाहर के न हों, एक कमिटी वहाँ बैठी रहती थी, जैसा क्रिकेट मैच में अंपायर होता है। अगर सवाल सिलेवस के बाहर से हुए तो कमिटी उसे रद्द करके सीधे-सीधे दूसरे स्कूल को अंक दे देती थी। यह सब स्कूल के बच्चों तथा शिक्षकों के सामने हो रहा था और सब को बड़ा मजा आ रहा था। कुछ ऐसे छात्र जो पढ़ाई पर कम ध्यान देते थे, वे भी अब पढ़ने के लिए प्रेरित हो रहे थे। अपने स्कूल से मनोहर और राधिका गये थे। Quiz के दौरान राधिका ने महसूस किया कि मनोहर को अपने Subjects की काफी

अच्छी तथा गहरी जानकारी थी। उसे न सिर्फ फार्मुले तथा परिभाषायें याद थीं बल्कि उन सभी का मूल सिद्धांत भी अच्छी तरह पता था। इसलिए वह सामने वाले के सवालों का तो सही तरह से जवाब दे देता था पर उसके कई सवालों का जवाब दूसरे छात्र नही दे पाते थे क्योंकि उसके सवाल मूल सिद्धांत से जुड़े होते थे। राधिका का Performance दूसरे बच्चों की तरह सामान्य था क्योंकि दूसरे छात्रों की तरह उसने भी ऊपर-ऊपर ही पढ़ रखा था। मनोहर के नॉलेज को देखकर वह भी आचंभित थी। अभी तक उसने मनोहर के बारे में सिर्फ सुना था और अब बगल में बैठकर देख भी रही थी। वह भी उसी की तरह पढ़ने के लिए प्रेरित हो रही थी और सोच रही थी कि कब यह प्रतियोगिता खत्म हो और वह मनोहर की तरह पढ़ना शुरु करे।

अंत में हुआ वही जो होना था, अर्थात मनोहर और राधिका की टीम लीग मैच, सेमीफाईनल तथा फाईनल सभी में काफी बड़े अंतर से विजयी हुई। अब पूरे शहर के सभी स्कूलों में मनोहर फेमस हो गया। प्रतियोगिता खत्म होने पर जब उससे उसकि सफलता का राज पूछा गया तो उसने बेहिचक पढ़ने के अपने तरीके को सभी को बता दिया। आमतौर पर भयवश या स्वार्थ के कारण कि दूसरे बच्चे हम से आगे न बढ़ जायें, लोग इस तरह की बातें नही बताते। पर मनोहर के मन में ऐसा कुछ नही था। उसके इस सादगी, निस्वार्थ ने वास्तव में उसका नाम सार्थक कर दिया था अर्थात उसने सभी के मन को हर लिया था और खाशकर राधिका के मन को। दूसरे बच्चे भी अब काफी प्रोत्साहित थे और उन्हें पढ़ने का सही तरीका पता चल गया था।

ये सारे कार्यक्रम खत्म होने पर मनोहर वापस अपनी पढ़ाई की दुनिया में लग गया। उसकी जगह कोई और होता तो वह राधिका से दोस्ती बनाने की कोशिश करता। पर मनोहर ने ऐसा कुछ भी नही किया। उसे अपने माँ-बाप के सपने याद थे और वह अपने मार्ग से किसी भी हालत में भटकना नही चाहता था। उसका ये सारा व्यवहार राधिका को मनोहर की तरफ और अधिक खींच रहा था।

एक दिन मनोहर स्कूल के कम्पाउण्ड में एक पेड़ के नीचे बैठकर अपने बचपन के दिनों में खोया था और अपने गाँव को याद कर रहा था। उसे संतोष बार-बार याद आ रहा था। वह बार-बार सोंच रहा था कि अनाज तो सभी की सबसे पहली आवश्यक्ता है फिर उसे पैदा करने वाला किसान गरीब ही क्यों रहता है। वह आँखें मुंद कर गहन चिंतन में खोया था। तभी वहाँ राधिका आयी। पहले तो वह समझी कि मनोहर सो रहा है। पर गौर से देखने पर उसे पता चल गया कि मनोहर सो नही रहा बल्कि किसी दूसरी दुनिया में खोया है। वह उसके पास जाकर बैठ गई। मनोहर को तब भी पता नही चला। फिर राधिका धीरे से बोली–"कहाँ खोये हो?"

(मनोहर हड़बड़ाकर जैसे नींद से जागा और चौंककर राधिका को देखा)

राधिका फिर बोली–"किस सोंच में खोये थे?"

मनोहर ने अपने आपको संयमित करते हुए कहा - "नही तो"

"नहीं, किसी सोंच में तो खोये थे तभी मेरे आने का भी पता नही चला"

"नहीं, ऐसा कुछ खाश नही है।"

"फिर भी"

मनोहर समझ गया कि अब जवाब देना ही पड़ेगा–"अपने गाँव को याद कर रहा था। और तुम यहाँ कैसे।"

"बस यहाँ से गुजर रही थी तो तुम्हे कही खोये हुये हुए देखकर सोंची कि तुम्हारा हाल-चाल ले लूँ। Quiz के बाद तो तुमसे कभी बात भी नही हो पायी।"

(मनोहर ने सिर्फ मुस्करा दिया)

राधिका दूसरे लड़कों को खेलते देखकर बोली–"और लड़कों की तरह तुम्हे खेलने या घुमने का मन नही करता।"

मनोहर ने राधिका की ओर देखा और हल्कि मुस्कान के साथ बोला–"आदमी को जो अच्छा लगता है वह वही करता है। किसी को खेलना अच्छा लगता है तो किसी को गाना सुनना तो किसी को घूमना। पर एक बार अपने सबजेक्ट्स की जानकारी हो जाये तो पढ़ने से मजेदार काम कुछ और नही है। थियोरी को समझ लेने और फॉर्मुलों को याद कर लेने के बाद उन पर न्युमेरिकल सवाल बनाते समय लगता है सवालों के साथ शतरंज खेल रहा हूँ। सवालों के हर चाल को समझकर उसका जवाब देने में बड़ा मजा आता है। इसलिए मैं पढ़ता ही रहता हूँ। अब हमारे क्रिकेट प्लेयर जो मैदान में इतना बढ़िया खेलते हैं, उसके पहले वे कितना नेट प्रैक्टिस करते हैं। मुझे थियोरी पढ़ना और उन्हें अच्छे से समझना तथा उसके बाद फॉर्मुलों को याद करना एक नेट प्रैक्टिस की तरह लगता है और फिर उन पर आधरित न्युमेरिकल सवालों को बनाना पिच पर बैटिंग करने के समान। जितना बढ़िया नेट प्रैक्टिस, उतना बढ़िया बैटिंग।"

(यह सब सुनकर राधिका जोर से हँसने लगी।) फिर हँसते हुए बोली–"वाह पढ़ाई को भी तुमने क्रिकेट का खेल बना दिया। अच्छा ये बताओ कि स्कूल के लगभग सभी स्टुडेण्ट्स प्राईवेट ट्यूसन लेते हैं, पर क्या तुम्हे इसकी जरुरत नही पड़ती।"

"प्राईवेट ट्यूसन की जरुरत तब पड़ती है जब हमें कोई टॉपिक समझ में न आये। हमारा स्कूल पूरे शहर का सबसे बढ़िया स्कूल है और यहाँ के टिचर्स भी सब कुछ बहुत अच्छे से समझाते हैं। मैं कभी-कभी क्लास के बाद जो टॉपिक मुझे समझ में नही आता उनसे पूछ लेता हूँ और वे समझा भी देते हैं। इसके अलावा आज इतनी अच्छी-अच्छी किताबें उपलब्ध हैं कि उन्ही को पढ़ने से लगभग सबकुछ समझ में आ जाता है। पर आजकल हो क्या रहा है, लोग मेहनत से बचने कि लिए प्राईवेट ट्यूसन ले लेते हैं। तुम भी एक अच्छी स्टुडेण्ट्स हो, तुम्ही बताओ कि क्या केवल टीचर के समझा देने या

प्राईवेट ट्यूसन कर लेने से काम हो जायेगा। अगर हम सेल्फ स्टडी न करें और स्वयं ही रिविजन न करें, तो सबकुछ भुल जायेंगें। असल में हो यही रहा है। लोग केवल प्राईवेट ट्यूसन लेते हैं और सेल्फ स्टडी करते नहीं। इसलिए उनका एक्जाम में भी परफार्मेंस अच्छा नही होता।"

(राधिका अब मनोहर की बातें बड़े गंभीर हो कर सुन रही थी और केवल हाँ में हाँ मिला रही थी)

मनोहर फिर बोलने लगा–"मैने क्लास के कुछ लड़कों से तो यह भी सुना है कि वे एक ही दिन में स्कूल के साथ-साथ तीन-तीन ट्यूसन लेते हैं। स्कूल, फिर इसके बाद तीन-तीन ट्यूसन, इसके बाद उनके पास समय ही कहाँ बचता है। इसलिए वे सेल्फ स्टडी भी नही करते और इस कारण एक्जाम में रिजल्ट जैसा का तैसा ही रहता है।"

अब राधिका हंसते हुए बोली–"मैने तो तुमसे एक छोटी सी बात पूछी थी और तुमने तो पूरा लेक्चर पिला दिया। परंतु तुम्हारे पास इतनी ज्ञान की अनुभव वाली बातें कहाँ से आयीं।"

"यह सब हमारे स्कूल के हेडमास्टर साहब ने बताया था। उन्होंने ही मुझे समझाया था कि ट्यूसन लेना बुरी बात नही है पर उसकी गिरफ्त में आना और पूरी तरह से उसी पर निर्भर होने से बच्चे अक्सर बर्बाद हो जाते हैं।"

"वैसे मैं भी एक सब्जेक्ट का ट्यूसन लेती हूँ पर मैं सेल्फ स्टडी भी करती हूँ और रिविजन भी।"

मनोहर (हंसते हुए)–"वेरी गुड।"

"वैसे तुमने बताया कि तुम्हारे पास अच्छी-अच्छी किताबें हैं। मुझे भी बताओ कौन-कौन सी टॉपिक किस-किस किताब से पढ़नी चाहिए।"

इसके बाद दोनो काफी देर तक पढ़ने के तौर-तरिके पर बात करते रहे। फिर वे लाईब्रेरी में गये जहाँ उन्होंने कुछ टॉपिक्स पर डिस्कस किया। काफी देर तक बात-चीत करने के बाद जब दोनो अपने-अपने

क्लास में जाने लगे तब राधिका ने कहा—"वाकई तुमसे मिलकर पढ़ने का सही तरीका मिल गया। आगे भी जब कभी मुझे जरुरत पड़ेगी तब मेरे लिए थोड़ा सा समय निकाल लेना।"

मनोहर ने हाँ में सर हिला दिया—"क्यों नहीं।"

इसके बाद दोनो अपने-अपने क्लास में चले गये।

अब दोनों अक्सर मिलने लगे और पढ़ाई के बारे में ही बातें करते। राधिका ने भी महसूस किया कि किसी भी सब्जेक्ट के सारे टॉपिक्स के लिए प्राईवेट ट्यूसन की जरुरत नही है। कई टॉपिक्स तथा चैप्टर्स ऐसे थे जिन्हें ध्यान से पढ़ने पर खुद ही समझ में आ जाता था। बचे कुछ चैप्टर्स के लिए मनोहर था या फिर स्कूल के टिचर्स भी अलग से समय देने को तैयार रहते थे। ऐसा नही है कि मनोहर को भी सारे टॉपिक्स तथा चैप्टर्स किताब से ही समझ में आ जाता था। कई बार उसके भी समझ में नही आता था। तब वह अपने क्लास के टीचर से निवेदन करके क्लास के बाद रविवार को उनके घर जाकर उन टॉपिक्स तथा चैप्टर्स को समझ लेता था। चूँकि सभी लोग जानते थे कि मनोहर के पिता किसान हैं और मनोहर पढ़ने में काफी तेज है, इसलिए सारे टीचर्स उसकी मदद कर ही देते थे।

इस तरह समय बीतता रहा। अगले वर्ष गर्मी की छुट्टीयों का समय आ गया। जिस दिन से गर्मी की छुट्टियाँ होने वालीं थीं, ठीक उसके एक दिन पहले मनोहर ने राधिका से पूछा—"कल तुम फ्री हो।"

राधिका ने मनोहर से इस तरह का सवाल पहली बार सुना था, वर्ना मनोहर शायद हीं कभी पढ़ाई की दुनिया से बाहर निकलता हो। वह थोड़ा आश्चर्यचकित होकर पूछी—क्यों?

"मुझे थोड़ी शॉपिंग करनी है। अगर तुम फ्री हो तो जरा साथ चलती।"

राधिका (मुस्कराते हुए)–"वाह, इतने दिनों में पहली बार देख रही हूँ कि तुम्हे पढ़ाई के अलावा कोई और काम भी है।"

मनोहर ने हंसते हुए कहा–"ऐसा थोड़े न है कि मै 24 घंटे पढ़ता ही रहता हूँ। हर बार तो जो भी खरीदना होता है वह अकेले ही खरीद लेता हूँ। पर इस बार तुम जरा साथ रहती तो अच्छा होता।"

"हाँ, कल फ्री तो हूँ, पर तुम्हे ऐसा क्या खरीदना है जिसके लिए मुझे अपने साथ ले जाना चाहते हो।"

"Actually, माँ कि लिए एक साड़ी खरीदनी है। पिछली बार गाँव गया था तो पिताजी ने कहा था कि मैं जब इस बार घर आऊँ तो माँ के लिए एक अच्छी सी साड़ी लेता आऊँ।"

राधिका ने खुश होते कहा–"अरे वाह, तब तो मैं जरुर चलूँगी। इस काम में तो मैं बिल्कुल Perfect हूँ और मुझे बड़ा मजा आता है। अपनी माँ के लिए भी साड़ी का Selection मैं ही करती हूँ। और कौन-कौन है तुम्हारे घर में।"

"कोई नहीं। माँ, पिताजी और मैं। बस यह छोटा सा हमारा परिवार है। तुम्हारे यहाँ कौन-कौन हैं?"

"मम्मी, पापा, भैया और मैं। भैया बंगलौर में जॉब करते हैं।"

मनोहर ने पैसे की अपनी मजबुरी बताई –"लेकिन मुझे कोई मॉल वगैरह से शॉपिंग नही करनी है। वहाँ सामान काफी महंगा होता है। मुझे तुम किसी ऐसी दुकान में ले चलना जहाँ सस्ती लेकिन अच्छी साड़ी मिल जाये।"

"मै ऐसे जगह जानती हूँ जहां सस्ती और अच्छी साड़ी मिल जाये। चलो फिर कल मिलते हैं।"

अगले दिन राधिका मनोहर को एक भीड़-भाड़ वाले बाजार में ले गयी जहाँ साड़ियाँ सस्ती मगर अच्छी मिलती थी। कुछ साड़ियाँ देखने के बाद मनोहर ने एक साड़ी खरीद ली। फिर राधिका बोली–

"बगल में एक परचून की दुकान है। मुझे वहाँ से कुछ सामान खरीदना है। फिर घर चलते हैं।"

"ठीक है, चलो"

तब वे थोड़ी दूर पर एक परचून की दुकान पर पहुँच गये। वहाँ पहले से ही काफी भीड़ थी। राधिका को रोजाना की जरुरत का कुछ सामान खरीदना था। मनोहर वही खड़ा था। वह ऐसे दुकानों पर कम ही जाता था। उसे खाने के लिए हमेशा टिफ्फीन मिल जाती थी और बाकी कुछ बचा तो पिताजी जब बीच-बीच में गाँव से आते थे तो जरुरत के सारे सामान खरीद जाते थे। महीने में इक्का दुक्का बार ही कुछ खरीदने की जरुरत पड़ती थी जिसे वह बगल की एक छोटी से दुकान से खरीद लेता था। पर यह परचून की दुकान काफी बड़ी थी। यहाँ थोड़ी भीड़ भी थी। राधिका अपना सामान खरीदने में व्यस्त थी। तभी एक आदमी ने दुकान वाले से चावल का भाव पूछा—"इस चावल का क्या भाव है?"

दुकानदार ने जवाब दिया—"43 रुपये किलो"

मनोहर सुनकर चौंक गया। 43 रुपये किलो चावल। इतनी महंगी कौन सी चावल है। वह दुकानदार के पास गया और दुकानदार से पूछा—"ये चावल 43 रुपये किलो है?"

"हाँ, यह चावल, 43 रुपये किलो है।"

मनोहर ने दुकानदार से चावल का सैंपल मांगा—"भैया जरा चावल दिखाना।"

मनोहर देखना चाहता था कि इतनी महंगी चावल कौन से हैं। उसके गाँव से तो व्यापारी सबसे अच्छी वाली चावल भी 12-14 रुपये किलो ही ले जाता है। राधिका की खरीदारी भी पूरी हो गयी थी। इसलिए वह भी मनोहर के पास आ गयी।

राधिका ने पूछा—"क्या खरीद रहे हो?"

"कुछ नहीं, बस देखना था कि इतनी महंगी 43 रुपये किलो की चावल कौन सी है?"

"43 रुपये तुम्हे महंगी लगती है, यह तो नॉरमल रेट है।"

तभी दुकानदार चावल का नमुना ले गया। चावल देखकर मनोहर बोला–"ये चावल, यह तो हमारे यहाँ, ज्यादा से ज्यादा 12-14 रुपये किलो बिकती है।"

दुकानदार ने पूछा–"तुम क्या किसी गाँव में रहते हो?"

"हाँ, मै गाँव में ही पला बढ़ा हूँ।"

दुकानदार ने मनोहर को समझाया–"तुम्हारे यहाँ जो चावल बिकती है, उसे कोई व्यापारी खरीदता है, फिर वह किसी दूसरे व्यापारी को बेचता है। इस तरह तुम्हारे यहाँ से हमारे पास तक चावल को आने में 5-6 व्यापारियों के हाथों से गुजरना पड़ता है और सभी अपना मुनाफा जोड़ते हैं। इसलिए यहाँ चावल इतनी महंगी मिलती है। तुम क्या यहाँ पढ़ाई करते हो?"

"हाँ, मै यहाँ पढ़ाई करता हूँ।"

दुकानदार ने मुस्कराते हुए कहा–"तब तुम सिर्फ पढ़ाई पर ध्यान दो। यह सब टेंशन अपने माँ-बाप पर छोड़ दो।"

इसके बाद दोनो वहाँ से चल दिये। रास्ते में राधिका ने पूछा–"तुम भी कौन सी बातों में लग गये। ऐसा तो होता ही है।"

"बात यह नही है। तुम्हे याद है, मैने तुम्हे अपने एक बचपन के मित्र संतोष के बारे में बताया था। उसे कैंसर हो गया था पर उसके माँ-बाप उसका इलाज ठीक से नही करा सके क्योंकि उनके पास पैसा नही था। अब समझ में आ रहा है कि उनके पास पैसा क्यों नही था। मैं हमेशा यह सोचता था कि जिस चीज की जरुरत जीने के लिए सबसे ज्यादा है उसे पैदा करने वाला इतना गरीब क्यों है। अब मुझे इसका असल कारण समझ में आ रहा है।"

"अक्सर तुम ऐसी बातों को लेकर बहुत जल्दी Serious हो जाते हो।"

"ऐसा ही हूँ मैं।"

"चलो अब मूड खराब मत करो। माँ कि लिए अच्छी साड़ी खरीदी है, गाँव जाओ और माँ को दिखाओ। अब मै अपने घर जाती हूँ।"

"चलो तुम्हे घर तक छोड़ देता हूँ।"

"नहीं, मै चली जाऊँगी। कोई दिक्कत नही है।"

"अगर रास्ते में किसी ने परेशान किया तो। सुन्दर और अकेली लड़के को देखकर कोई भी पीछे पड़ सकता है।"

"Thank You"

"किस लिए?"

"पहली बार तुमने मेरी तारीफ की है, नही तो अभी तक सिर्फ पढ़ाई ही पढ़ाई।"

मनोहर हंसने लगा।

राधिका ने कहा–"वैसे तुमने एक गलती कर दी।"

"कौन सी।"

"आते समय भी तो कोई मुझे परेशान कर सकता था। तब तुमने ध्यान नही दिया।" - राधिका ने मनोहर से चुटकी ली।

"हाँ, बात तो सही है, गलती हो गयी। आगे से ध्यान रखूँगा।"

"टेंशन न लो, यहाँ से मेरा घर पास में ही है और वहाँ से मै रिक्सा लेकर आ गयी थी। ज्यादा दूर होने से पापा आने ही नही देते। रिक्सा में कोई खतरा नही होता। वह धीरे-धीरे चलता भी है और सबकुछ खुला रहता है। कुछ भी होने से मै तुरंत शोर मचा सकती हूँ। मेरे घर तक पूरी चहल-पहल रहती है। इसलिए तुम फिक्र न करो, मै आराम से अपने घर चली जाऊँगी।"

"तब तो ठीक है।"

फिर दोनो अपने घर चले गये।

अगले दिन मनोहर अपने गाँव चला गया। रास्ते भर वह यही सोचता रहा कि जिस चावल को गाँव वाले 12-14 रुपये किलो बेचते हैं, शहरों में वही चावल 43 रुपये किलो बिकता है। अगर किसानों को 24-25 रुपये किलो का दाम भी मिल जाये तो काफी हद तक उनकी गरीबी दूर हो सकती है। ऐसा ही कुछ गेंहूँ तथा दूसरे अनाजों में भी होता होगा। पर यह होगा कैसे। यही सोंचते-सोंचते वह गाँव में अपने घर पहुँच गया।

माँ नई साड़ी देखकर काफी खुश हुई। पिताजी ने पढ़ाई का और फिर स्वास्थ्य का हाल-चाल लिया। अगले दिन मनोहर अपने पिता विष्णु के साथ खेतों में गया। वहाँ मनोहर ने अपने पिता विष्णु से पूछा-"पिताजी क्या आप जानते हैं, कि जो चावल हम अधिक से अधिक 12-14 रुपये किलो में बेचते हैं उसे शहरों में लोग 43 रुपये किलो तक खरीदते हैं।"

विष्णु ने एक बार पलट कर मनोहर को देखा और बोला-"हाँ, पता है बेटा। जो व्यापारी हमसे चावल खरीदता है, वह अगले व्यापारी को बेचता है, फिर उसके आगे वाला भी एक और व्यापारी को बेचता है। इस तरह हमारे यहाँ से जाने तथा उपभोक्ता तक पहुँचने के बीच चावल 5-6 व्यापारियों के हाँथों से होकर गुजरती है और सभी अपना मुनाफा जोड़ते हैं। इसलिए शहरों में चावल इतनी महंगी हो जाती है।"

मनोहर ने अपने मन के प्रश्न को रखा-"पर 43 रुपये का सिर्फ एक तिहाई हमें मिलता है और बाकी दूसरे ले जाते हैं जबकि सबसे ज्यादा मेहनत हम करते हैं।"

विष्णु ने समझाया-"क्या करोगे? ऐसा ही चलता है।"

मनोहर ने जवाब सुझाया–"क्या हम शहर के उन दुकानदारों को सीधे चावल नही बेच सकते?"

"कैसे बेचोगे। इसमें कई समस्यायें हैं। पहली बात वह बहुत दुर है। फिर वह हमारे उपर निर्भर नही रहना चहेगा क्योंकि मै उसे सालों भर चावल नही दे सकता। इसलिए वह किसी व्यापारी से ही चावल खरीदना चाहेगा ताकि उसे पूरे वर्ष चावल मिलता रहे। और फिर सभी किसान ऐसा करने लगे तब कोई एक दुकानदार तो सारे चावल खरीदेगा नहीं। हम कहाँ-कहाँ और किस-किस दुकानदार के पास चावल लेकर घुमते रहेंगें। और फिर हमें खेती भी तो करनी है। इसलिए यह संभव नही है।"

मनोहर के पास अब कोई तर्क नही था। पिताजी सही कह रहे थे। तो क्या ऐसा ही चलता रहेगा। क्या हम किसान हमेशा गरीब ही रहेंगें। यही सवाल उसके मन में गुंजता रहा और यही सब सोंचते-सोंचते मनोहर वापस पटना आकर अपने पढ़ाई में लग गया।

अब गर्मी की छुट्टीयाँ खत्म हो गयीं और स्कूल फिर से चालू हो गया। मनोहर अपने पढ़ाई में जी जान से जुटा था। राधिका भी पूरे लगन से पढ़ाई में लगी थी। पहले की तुलना में उसे अब पढ़ने में ज्यादा मजा आ रहा था क्योंकि अब उसे पढ़ने का सही तरीका पता चल गया था। वे दोनों कई बार साथ बैठकर पढ़ाई करते, कठीन Chapters तथा Topics Discuss करते। उनके बीच सिर्फ दोस्ती थी, निश्चल तथा निस्काम दोस्ती। पर दुनिया तो ऐसी नही है। जहां एक लड़का और एक लड़की को साथ देखा कि तड़का लगाकर कहानियाँ भी बनने लगती है। यहां भी ऐसा ही हुआ। सभी मनगढ़ंत कहानियाँ बनाने लगे। हॉस्टल में भी मनोहर के दोस्त उसे चिढ़ाते थे। मनोहर के कमरे में विकास नाम का एक लड़का रहता था। वह पढ़ाई पर कम ध्यान देता था। एक इतवार को उसने मनोहर की खिंचाई शुरु की–"क्यों मनोहर, तेरी तो अभी चांदी कट रही है।"

मनोहर को कुछ समझ नही आया–"क्या मतलब?"

"तुमने राधिका जैसी सुन्दर लड़की को पटा लिया है, और क्या चाहिए।"

"हमारे बीच सिर्फ दोस्ती है, और कुछ नहीं। जब कोई चीज उसे समझ में नही आता तो वह मुझसे पूछ लेती है और जो मुझे समझ में नही आता वो मै उससे पूछ लेता हूँ।"

"वाह, एक लड़की के साथ बैठकर पढ़ने का तो मजा ही कुछ और होगा।"

"लड़की के साथ नहीं, पढ़ने का वैसे ही मजा ही कुछ और है।"

"Very Good। लेकिन स्कूल में तो कई कहानियाँ सुनने को मिल रही है।"

"तु तो मेरे साथ रहता है। कभी देखा है कि मै कभी राधिका से स्कूल के बाहर भी मिला। मै तो स्कूल से सीधा कमरे में आ जाता हूँ।"

विकास ने इस बात में हामी भरी–"हाँ, वो तो है।"

"देखो, तुमलोग अपने मन में जो कल्पना करना है कर लो। पर मैं एक बात जानता हूँ कि जीवन में कई काम ऐसे होते हैं जिन्हें करने का मौका दुबारा नही मिलता है। हमारी अभी की पढ़ाई भी ऐसी ही है। हमें Board Exam में जो नम्बर मिलेंगें वह जीवन भर के लिए हमारे साथ लग जायेंगें। इसलिए मैं अपने रास्ते से भटकने वाला नहीं। तुम अपनी पढ़ाई की भी थोड़ी चिंता कर लो कि तुम्हें Board Exam में कितने नम्बर मिलेंगें।"

विकास यह सब सुनकर वाकई गंभीर हो गया। मनोहर ने गौर किया कि उस दिन विकास कई किताबों को खोलकर न जाने क्या जोड़-घटाव कर रहा था। वह काफी परेशान लग रहा था। आमतौर पर किसी को परेशान देखकर मनोहर उसके परेशानी का कारण पूछ लेता था। पर इसबार मनोहर अंदर से क्रोधित था क्योंकि विकास उसके और राधिका

के बारे में न जाने क्या-क्या सोंच रहा था जबकि हकीकत में ऐसा कुछ भी नही था। शाम होते-होते विकास काफी टेंशन में आ गया। जब उससे बर्दास्त नही हुआ तो वह अपने मन की बात मनोहर को बताने लगा-"यार मै बहुत टेंशन में हूँ।"

"हाँ वो तो दिख रहा है, पर हुआ क्या है?"

"मुझे लगता है कि मै Board Exam में पास नही कर पाऊँगा। तुमने जब सुबह Board Exam का याद दिलाया तो मैने अपनी तैयारी पर ध्यान दिया। पर मेरी तैयारी तो जीरो है। मै फेल हो जाऊँगा। मेरे मम्मी-पापा क्या सोंचेंगें?"

"अरे अभी से तुम कैसे कह रहे हो कि फेल हो जाओगे। अभी तो Board Exam में 6 महीने से ज्यादा समय बाकी है।"

"पर अभी तक मैने कुछ नही पढ़ा है।"

"पर 6 महीना कोई कम समय नही होता।"

"मुझे बहुत डर लग रहा है।"

मनोहर ने विकास को समझाया-"डर मत। मेरी बात ध्यान से सुन। अगर अभी से भी तु ध्यान देगा तो 6 महीने में बहुत कुछ हो जायेगा। देख प्रत्येक Subject में लगभग आधे Chapters आसान होते हैं जिन्हें ध्यान से पढ़ने पर आसानी से समझा जा सकता है। Exam के आधे Questions भी लगभग इन्ही चैप्टर्स से आते हैं। अगर तु मन लगाकर पढ़ेगा तो दो से तीन महीने में ही इन Chapters को पूरा कर सकेगा। तब तुझे फेल होने का डर खत्म हो जायेगा।"

अब विकास को थोड़ी हिम्मत हुई। वह तुरंत किताबें निकालकर Chapters के नाम पढ़ने लगा। मनोहर उनमें से छांटता गया कि कौन-कौन से Chapters आसान हैं। विकास को कम से कम इतनी समझ तो थी ही कि कौन-कौन से Chapters आसान हैं। वह मनोहर के साथ हामी भरता गया। अंत मे उसने भी महसूस किया कि वह कम से

कम इन Chapters को तो खत्म कर ही सकता है। अब उसे फेल होने का डर खत्म होने लगा।

मनोहर ने आगे कहा–"अब मेरी बात सुनो। तुमने एक मुहावरा तो सुना ही होगा–'समय आवै तरुवर फरै केतक सींचो नीर'। अर्थात एक वृक्ष में कितना भी पानी डालो, जब समय आयेगा तभी वृक्ष में फल लगेंगें। तुम्हे Continous तथा Daily अधिक से अधिक पढ़ना होगा। अगर एक दिन जोश में आकर 12 घंटे पढ लो और उसके अगले 3-4 दिन पढाई न करो तो इससे कुछ नही होगा। तुम्हे डेली कोशिश करनी होगी कि व्यर्थ काम में समय न गवांकर ज्यादा से ज्यादा पढ़ाई करुं। इसके अलावा हड़बड़ाकर भी पढ़ाई मत करना। जिस Chapter को खत्म करो उसे पूरी तरह से खत्म कर दो ताकि एक्जाम में अगर उससे कोई सवाल आये तो वह छुटे नहीं। जैसे-जैसे Chapter खत्म होते जायेंगें, तुम्हारा कॉफिडेंस बढ़ता जायेगा। फिर तुम्हारे मन से फेल होने का डर खत्म होता जायेगा। पर जो भी Chapter खत्म करो उन्हे बीच-बीच में Revision भी जरुर करते रहना। एक बार जब ये आसान Chapters कंट्रोल में आ जायेंगें तब बाकि बचे Chapters में से भी काफी Chapters ऐसे हैं जिन्हें थोड़ी और मेहनत करके अपने वश में किया जा सकता है। तुम कभी ये मत सोंचना कि मुझे कम से कम 90% या 85% या कुछ और % अंक जरुर लाने हैं। अगर ऐसा सोंचोगे तो तुम्हे फिर से डर लगने लगेगा और जो तैयारी तुम कर चुके हो आगे वह भी बर्बाद हो जायेगा। तुम बस यही सोंचना कि मुझे ज्यादा से ज्यादा जो भी हो सके उतने नम्बर लाने हैं। बाकि मै तुम्हारे साथ हूँ। जहाँ भी जरुरत हो, बेहिचक मुझसे पूछ लेना।"

यह सब सुनकर विकास का आत्मविश्वास कुछ बढ़ा। उसे अफसोस हो रहा था कि सुबह में वह मनोहर से उसके तथा राधिका के बारे में न जाने क्या-क्या अनाप-सनाप बोल रहा था जबकि मनोहर कितना अच्छा लड़का है। उसने तय किया कि वह किसी भी प्रकार से अपना

एक भी पल व्यर्थ में नही गंवायेगा और अधिक से अधिक पढ़ाई करके ज्यादा से ज्यादा Chapters खत्म करेगा और Exam में अधिक से अधिक नम्बर लाने कि कोशिश करेगा। इस तरह से विकास भी पढ़ाई में जुट गया।

पिछले वर्ष की तरह इस वर्ष भी Quiz प्रतियोगिता का आयोजन हुआ और फिर से अपने स्कूल से मनोहर तथा राधिका गये। मनोहर तो तैयार था हीं, इस बार राधिका भी जबरदस्त फार्म में थी और यह बात Quiz के दौरान होने वाले सवाल जवाब के दौरान जाहिर हो गया। कई बार तो ऐसा भी लगा कि हो सकता है कि अब मनोहर की जगह राधिका ही स्कूल में टॉप कर जाये। पिछले बार की तरह इस बार भी मनोहर तथा राधिका ही जीते।

धीरे-धीरे Board Exam भी नजदीक आ गया। विकास ने ठीक उसी तरह से पढ़ाई किया जैसा मनोहर ने उसे बताया था। अब उसकी भी तैयारी काफी अच्छी हो गयी थी और उम्मीद थी कि अब वह 80% से ज्यादा अंक ला पायेगा। उसे खुशी थी कि वह समय रहते ही सचेत हो गया। इधर मनोहर और राधिका भी अपनी पढ़ाई में जुटे थे। मनोहर साथ में इंजीनियरींग में तथा राधिका मेडिकल में प्रवेश की भी तैयारी कर रहे थी। फिर Board Exam हुए और कुछ दिनों बाद परिणाम भी आ गये। मनोहर अपने स्कूल में टॉपर था तो राधिका दूसरे नम्बर पर थी। विकास ने भी अच्छी तैयारी कर ली थी और उसे भी 85% नम्बर मिले। फिर मनोहर का दाखिला IIT में दाखिला हो गया और राधिका का AIIMS में। सभी काफी खुश थे पर बिछड़ने की बारी थी। साथ मिलकर इन तीनों ने पढ़ाई किया था इसलिए बिछड़ने का दुख हो रहा था। पता ही नही चला कि कैसे 2 साल बित गये। बिछड़ने से पहले राधिका और मनोहर ने घुमने का प्लान बनाया। पहली बार वे साथ में संजय गांधी जैविक उद्यान में घुमने गये।

वहां काफी सुन्दर तथा कई तरह के फुल खीले थे। कई लोग घुम रहे थे, कुछ सपरिवार तो कुछ लड़के-लड़कियां दोस्तों के साथ घुमने का आनन्द ले रहे थे। यहां देखने के लिए बहुत कुछ था। वाकई घुमने और टाईम पास के लिए अच्छी जगह थी। मनोहर यहां पहली बार आया था। थोड़ी देर तक तो दोनों केवल चुप-चाप घुमते रहे। फिर मनोहर बोला-" वाह कितनी अच्छी जगह है, मै यहां पहली बार आया हूँ।"

"अच्छा!, तुम पहले यहां कभी नही आये"

"पढ़ने से समय ही कहां मिलता था। पर अब लगता है कि यदि यहां नही आता तो एक अच्छी जगह देखने से वंचित रह जाता।"

थोड़ी देर बाद राधिका पूछी-"अब तो तुम मुझे भुल जाओगे?।"

"अब तक तो तुम मुझे जान ही गयी हो, ऐसा संभव ही नही है।"

"तुम्हे अपने किताब और पढ़ाई के अलावा कुछ सुध ही कहाँ रहती है।"

"नहीं, ऐसा नही है। Actually मेरे माँ पिताजी को मुझसे बहुत उम्मीदें हैं।"

"अच्छा ये बताओ इंजिनियर बन के क्या करोगे?"

"क्यों, यह क्यों पुछ रही हो। वही करुँगा जो सब करते हैं, नौकरी।"

"मुझे नही लगता।"

"पता नहीं। मेरा तो सपना है कि हर किसान को उसके मेहनत का हक मिले और उसका हक कोई न मार सके।"

"तुम्हारी इन्ही बातों को सुनकर तो मुझे लगता है कि तुम नौकरी नही करोगे।"

मनोहर हंसने लगा और बोला-"कुछ भी हो पैसा तो कमाना ही पड़ेगा। तुम डॉक्टर बनकर क्या करोगी?"

“डॉक्टर तो एक ही काम करता है, मरीज का इलाज, चाहे नौकरी करके या फिर अपना स्वयं का क्लीनिक खोलकर।”

“चलो अच्छा है, कभी कुछ बिमारी हुई तो सीधा तुमसे Contact कर लूँगा।”

“भगवान करे कभी इसकी जरुरत न पड़े।”

फिर थोड़ी देर तक दोनों पार्क में टहलते रहे पर दोनो में से कोई कुछ बोल नही रहा था। उन दोनो के मन में प्रेम के बीज अंकुरित हो रही थे पर वे व्यक्त नही कर पा रहे थे। काफी देर तक यूँ ही टहलने के बाद राधिका बोली–“जानते हो जब पहले लोग बिछड़ते थे तो हमेशा एक दूसरे को चिट्ठी लिखा करते थे। पर अब वो जमाना नही रहा।”

“ठीक है, तो मै हमेशा E-Mail करता रहुँगा।”

“वाह बड़ी जल्दी समझ गये।”

दोनो मन ही मन काफी खुश थे कि कम से कम वे एक दूसरे के संपर्क में तो बने रहेगें। दोनो ने साथ मिलकर दो बार प्रतियोगिता जीती और हमेशा एक तरह से साथ मिलकर ही पढ़ाई किया। इसके बाद दोनो में आपसी समझ काफी बेहतर हो गयी थी। इसके आगे वे अपने रिश्ते के बारे में क्या चाहते थे ये तो उन्हें पता नही था पर अब दोनो इस बात से खुश थे कि आगे भी कम से कम Email के द्वारा ही सही, आपस में बातें तो कर सकेंगें। अभी तक दोनो में से किसी के भी पास मोबाईल नही था इसलिए उन्होंने मोबाईल के बारे में सोंचा ही नहीं। अब बिछड़ने का पल आ गया था। मनोहर बोला–“चलो अब चला जाये, तुम्हारे मम्मी पापा भी तुम्हारा इंतजार कर रहे होंगें।”

“हाँ, चलो चलते हैं। सुना है कि बिछड़ते समय कुछ मिठा खाना चाहिये, इससे यादें मीठी बनी रहती है।”

“अच्छा!”

“चलो आईस्क्रीम खाते हैं।”

फिर दोनो ने एक-एक आईस्क्रीम खायी और फिर वे बुझे मन से अपने-अपने घर चल दिये, हमेशा के लिए एक दूसरे से दूर। अब दोनो को ही यही लग रहा था कि वे अब एक दूसरे को देख नही पायेंगें। मन के किसी कोने में यह उम्मीद थी कि किसी न किसी दिन एक बार फिर जरुर मिलेंगें। पर कब, पता नहीं। जैसा अभी तक चलता रहा काश कि आगे भी वैसा ही चलता रहता। वैसे ही साथ बैठ्कर पढ़ाई करते रहते। पर वक्त रुकता नहीं, किसी के लिए भी नहीं। परिस्थितियाँ बदलती ही हैं। जीवन में हमेशा नये लोगों का साथ बनता जाता है। यही संसार का नियम है।

मनोहर को IIT Mumbai मिला था। वहाँ Admission से पहले वह अपने गाँव गया। गाँव में सभी लोगों के जुबान पर बस एक ही बात थी, “बेटा, बड़ा आदमी बनकर हमें भुल न जाना, अपने गाँव को याद जरुर रखना”। मनोहर को भी यह एहसास था कि उसके माँ और पिताजी ने उससे क्या-क्या उम्मीदें लगा रखी हैं। शायद यह एहसास ही उसे अपने मार्ग से भटकने नही देता था। इसलिए अगर किसी बच्चे या किसी को भी सही मार्ग पर ले चलना है तो उसे उसके जिम्मेदारियों का एहसास करा दीजिए, इससे बहुत हद तक यह संभावना बन जाती है कि वह गलत मार्ग पर नही जायेगा।

दो साल पहले जब मनोहर शहर में पढ़ने आया था तब और आज में गाँव वालों की स्थिति में कोई भी अंतर नही हुआ था। इसका कारण भी मनोहर को पता था। दुकानवाली वह घटना उसके लिए अविश्मरणीय थी जिससे उसे पता चला कि किसानों के मेहनत का फल बिचौलिए ले जाते हैं। वह यह बात तो समझ गया था पर उन बिचौलिओं को हटाने का उपाय अभी तक उसके पास नही था। हाँलाकि वह अक्सर इस पर सोंचता रहता था पर उसे अभी तक कोई सटीक हल मिला नही था।

अब मनोहर का मुम्बई में तथा राधिका का दिल्ली में पढ़ाई चालू हो गया। कुछ दिन बाद दोनों नये माहौल में ढ़ल गये। नई जगह पर नये

दोस्त थे। पर उन दोनों का रिस्ता, जो दोस्ती से आगे और प्यार के इजहार से पहले का हो चुका था, वह कायम था। E-mail के द्वारा दोनों एक दूसरे का हाल-समाचार बांटते रहते थे। कुछ दिनों के बाद दोनों के पास मोबाईल भी आ गया। इसके बाद तो वे अक्सर फोन पर बातें करते। हर 5-6 महीने में मनोहर अपने गाँव जाकर अपने माँ-पिताजी से जरुर मिल आता था। पढाई के दो साल पूरे हो जाने पर, जब एक बार मनोहर अपने गाँव जा रहा था तब उसके साथ एक यादगार घटना घटी जिससे उसके जीवन को एक नई दिशा मिलने वाली थी।

मनोहर के पास Sleeper Class का Confirm टिकट था परंतु जब वह नियत दिन पर प्लेटफार्म पर पहुँचा तो चार्ट में उसके बर्थ पर उसके जगह किसी और का नाम था। वह कुछ समझ नही पाया। उसने ठीक से बोगी नं., ट्रेन नं., तारीख सभी का मिलान कर लिया परंतु सब कुछ मिलने के बावजुद उसके बर्थ पर उसके जगह किसी और का नाम था। उसने टीकट भी रेल के कॉउंटर से ही खरीदा था, इसलिए वहां भी धोखाधड़ी की संभावना नही थी। वह हैरान परेशान था कि तभी ट्रेन आ गयी। सभी लोग ट्रेन की तरफ भागे। मनोहर ने सोंचा कि हो सकता है कि चार्ट में कुछ गड़बड़ी हो गयी हो, इसलिए वह अपने टिकट के अनुसार बोगी के पास गया और बोगी में सटे चार्ट को देखने लगा। उस चार्ट में भी उसकी बर्थ पर उसकी जगह किसी और का नाम था। मनोहर को विश्वास ही नही हो रहा था। वह प्लेटफार्म पर खड़ा था कि ट्रेन के चलने की सीटी बज गयी। अब मनोहर ने फैसला किया कि वह ट्रेन में चढ़ ही जायेगा और टीटी से बात करेगा। वह तुरंत ट्रेन में चढ़ गया और जल्द ही ट्रेन चल भी पड़ी। सभी यात्री अपना-अपना सामान एडजस्ट कर रहे थे। अभी तक मनोहर के बर्थ पर जिसका नाम लिखा था वह आया नही था। पर वह भी जल्द ही आ गया। मनोहर ने जब अपनी टिकट दिखायी तो उसने कहा कि उसका वेटिंग लिस्ट का टिकट इसी बर्थ पर कनफर्म हुआ है। लोगों ने सलाह दिया कि टीटी को आने देना चाहिए। वही बतायेगा कि हुआ क्या है। कुछ देर बाद

टीटी भी आ गया। दूसरे व्यक्ति ने टीटी को अपना टिकट दिखाया तथा बताया कि यही उसका बर्थ है। टीटी ने भी कहा कि हाँ यह बर्थ उसी का है। तब मनोहर ने अपनी टिकट दिखायी। पहले तो टीटी कुछ देर उस टिकट को ध्यान से देखता रहा फिर बोला–"अरे भाई यहाँ क्या कर रहे हो? तुम्हारा तो अपग्रेडेशन हो गया है और तुम्हे 3 एसी में सीट मिल गयी है। सभी लोग हंसने लगे। मनोहर भी हंसने लगा कि काफी देर से चल रहा टेंशन खत्म हुआ और अब वह 3 एसी में सफर कर सकेगा।"

एसी कोच में मनोहर के सामने एक बुजुर्ग व्यक्ति बैठे थे, काफी गंभीर तथा चुप-चुप। बाकी लोग अधेड़ उम्र के व्यापारी लग रहे थे। यहाँ का माहौल स्लीपर क्लास से बिल्कुल अलग था। स्लीपर क्लास में सभी यात्रीगण आपस में गप्पे मारते जाते थे पर यहाँ सब चुप–चुप थे। कुछ देर यूँ ही चलता रहा। फिर एक स्टेशन पर एक खोमचे वाला कुछ फ्रूट लेकर चढ़ा। मनोहर ने 30 रुपये के फ्रूट खरीदे और खोमचे वाले को 50 रुपये का नोट दिया। बदले में खोमचे वाले ने 20 रुपये की जगह 30 रुपये लौटा दिया। मनोहर ने खोमचे वाले से पुछा–"क्यों भई कितने के फल हुए?"

खोमचे वाले को लगा कि लड़का उससे मोलभाव कर रहा है। उसने थोड़ी कड़क आवाज में कहा –"30 रुपये के। क्यों पैसे कम दिये हैं क्या?"

"अरे भई गुस्सा क्यों कर रहे हो? तुमने 20 रुपये की जगह 30 रुपये लौटा दिये हैं। ये लो अपने 10 रुपये।"

खोमचे वाले ने 10 रुपये ले लिए। यह देखकर सामने बैठे अंकल जी, जो अब तक चुप–चाप थे, बोल पड़े–वेरी गुड, लोग अक्सर ऐसे पैसे लौटाते नहीं।"

"मै जानता हूँ कि मेहनत की क्या कीमत है। अगर मेहनत करने वाले को सही दाम नही मिले तो मुझे बहुत तकलीफ होती है।"

"गुड। क्या करते हो?"

"IIT से इंजीनियरिंग कर रहा हूँ। अभी 3rd Year में हूँ।"

"अच्छा!, तो तुम IIT से इंजीनियरिंग कर रहे हो।"

"जी।"

"तुम्हारे पिताजी क्या करते हैं?"

"वह एक किसान हैं।"

"तभी तुम्हारे मन में मेहनत के प्रति इतनी कद्र है और इसलिए तुमने खोमचे वाले को 10 रुपये लौटा दिये।"

मनोहर ने केवल मुस्कुरा दिया। फिर थोड़ी देर बाद बोला–"मेहनत करने वाले मेहनत करते हैं, पर उसका फायदा कोई और ले जाता है। इसीलिए मुझे मेहनत करने वालों से हमेशा सहानभुती रहती है। हालाँकि उनके मेहनत का उन्हे उचित मूल्य मिले यह उनका हक है। पर यह हक कोई और मार ले जाता है। जैसा कि किसानों के साथ होता है। मेहनत वे करते हैं और फायदा बिचौलियों को होता है। ठीक ही कहा गया है, पैसा ही पैसे को खींचता है।"

"सही कह रहे हो। हमारे देश में किसानों का हक मारा जा रहा है।"

"जो चावल या कोई भी अनाज हम लोग शहरों में 45-50 रुपये किलो खरीदते हैं वही चावल गाँव के किसानों से 15-16 रुपये किलो के हिसाब से खरीदा जाता है। अगर किसानों को 8-10 रुपये भी और मिल जाये तो उनका भी जीवन अच्छा हो जायेगा और उनके बच्चे भी अच्छे से पढ़ पायेंगें।"

"लेकिन यह सब केवल तुम्हारे या मेरे चाहने से नही होगा। यह तभी संभव है जब हमारी सरकार चाहेगी।"

मनोहर पहली बार वर्षों से अपने अंदर चल रहे सवालों के समाधान पर Discuss कर रहा था, भले ही वो एक अनजान व्यक्ति था।

इसलिए उसे उत्सुकता हुई। उसने तुरंत पुछा–"क्या यह संभव है कि किसानों को उनके उपज का उचित मूल्य मिल सके।"

अंकल ने दृढ़ता से कहा–"बिल्कुल संभव है।"

"कैसे?"

"इसका सीधा जवाब है हमारे घर में रोजाना इस्तेमाल होने वाले गैस सिलिण्डर। हम रोज गैस का इस्तेमाल करते हैं परंतु फिर भी सिस्टम कुछ ऐसा बना हुआ है कि हमें तय रेट पर अक्सर समय पर सिलिण्डर मिल ही जाता है। कभी-कभार थोड़ी बहुत किल्लत होती है, उसकी बात अलग है। ठीक इसी तरह अगर पूरे देश में सरकार अगर अपने Outlets लगाकर अनाज बेचे तभी बिचौलियों को हटाया जा सकेगा और किसानों को उनके मेहनत का हक मिलेगा। लेकिन इसे लागू करने के बाद यदि सरकार थोड़ी सी भी ढ़ीली हुई तो इसके बहुत खतरनाक परिणाम होंगें। हमारे सरकार तथा इसके मंत्रियों में इतनी इच्छाशक्ति तो है नही कि वे दृढ़ होकर इसे लागू करें। अब हम या तुम तो ये काम कर नही सकते। इसलिए जैसा चल रहा है वैसा ही चलने दो।"

तभी मनोहर के बगल में बैठे एक और व्यक्ति ने कहा–"बिचौलियों से हमें एक घाटा और भी है। वे कालाबाजारी भी करते हैं और कई बार दाल, चावल, प्याज या दूसरे जरुरी चीजों को अपने गोदामों में रख लेते हैं और मार्केट में उसकी कृत्रिम कमी पैदा कर देते हैं। इससे इन चीजों की किमतें बढ़ जाती हैं और फिर यही बिचौलिए इनको काफी उंचे दामों पर बेचते हैं। हमें मजबुरन इनका उचित मूल्य से काफी उंचा मूल्य चूकाना पड़ता है और यह पैसा भी किसानों को नही मिलता। मतलब इसे पैदा करने वाला तथा इसे उपभोग करने वाला, दोनों ही ठगा जाता है।"

उन अंकल ने भी इस बात का समर्थन किया–"हाँ यह बात भी सही है। पर सिस्टम कुछ ऐसा है कि हम कुछ कर नही सकते।"

अभी तक मनोहर को बिचौलियों को हटाने का जरा सा भी उपाय समझ में नही आया था। पर आज उसे पहली बार लगा कि यह संभव

है, भले ही काफी मुश्किल तथा जोखिम भरा। आज मनोहर काफी खुश था कि अगर कोशिश किया जाये तो बिचौलियों को हटाया जा सकता है। रास्ते भर वह इन्ही उपायों पर विचार करता रहा। जबतक मनोहर गाँव में रहा तथा जब तक होस्टल नही पहुँच गया तब तक उसके मन में इसी संबंध में नये-नये आईडिया आते रहे कि किस तरह बिचौलियों को वह खुद हटा सकता है और किन-किन बातों का ध्यान रखना जरुरी है ताकि जब इन्हें लागू किया जाये तब लोगों को किसी तरह की परेशानी न हो। उसका यह सोंच ठीक उसी प्रकार था जैसे किसी व्यक्ति ने दुनिया में पहली बार नाव से समुद्र के रास्ते एक महादेश से दूसरे महादेश पर जाने का फैसला किया हो क्योंकि दोनो ही में अनजान मुश्किलें तथा कई जोखिमें थी तथा सफलता का कुछ भी अता-पता नही था, क्या होगा कुछ कहा नही जा सकता। मनोहर का यह विचार ही उस तरह का था जैसे एक सिपाही अकेले ही दुश्मनों के मांद में घुंसकर फतह हासिल करने की सोचने की दुश्शाहस करे।

मनोहर ने 8-10 दिनों तक कई योजनायें बनायीं। वह जानता था कि वह तो राजनीति में आ नही सकता और इस बात को ध्यान में रखते हुए उसने बिचौलियों को हटाने के बहुत सारे तरीकों पर विचार किया। अंत में उसके पास कुछ ऐसी योजनायें आ भी गयीं जिनके द्वारा बिचौलियों को हटाया जा सकता है। अब उसके पास योजना तो थी पर पैसे नही थे जिनसे वह अपनी योजना को कार्य रुप दे सके। परंतु फिर भी उसने तय किया कि वह अपनी योजना को लागु जरुर करेगा।

अब मनोहर वापस अपने होस्टल आ गया और पुनः पढ़ाई में लग गया। राधिका का भी पढ़ाई चल रहा था। अब वह सोंचने लगी थी कि क्या मनोहर उससे प्यार करता है? उसका दिल कहता था कि हाँ, मनोहर उससे जरुर प्यार करता है। पर मन में एक शंशय भी था कि कही उसके जीवन में कोई दूसरी लड़की तो नहीं। लेकिन वह मनोहर को पिछले 4-5 वर्षों से जान रही थी और उससे वह फोन पर लगातार

टच में थी। पर अभी तक मनोहर ने किसी भी लड़की का जिक्र नही किया था। ऐसे मामलों में अक्सर लड़के पहल करते हैं पर उसे विश्वास था कि मनोहर उसे कभी भी पहले प्रोपोज नही करेगा। अगर मनोहर उसे चाहता भी रहेगा तब भी वह यह बात अपनी जुबान पर नही लायेगा। राधिका के मन में यह भी डर था कि अगर उसने पहले प्रोपोज कर दिया और कही मनोहर ने इनकार कर दिया तो उनकी दोस्ती भी खत्म हो जायेगी। काफी सोंच विचार के बाद उसने एक तरकीब निकाली।

अगले दिन राधिका ने निशा नाम से एक Email ID बनाया और मनोहर को Mail किया–"Hi Manohar, शायद तुम मुझे न पहचानो। मै निशा हूँ और तुमसे पटना में क्वीज प्रतियोगिता के दौरान मिली थी। मै तुम्हारी तरह Intelligent नही हूँ, इसलिए मै कर्नाटक में एक Private College से इंजीनीयरिंग कर रही हूँ। मुझे यह जानकर बहुत खुशी हुई कि तुम्हारा IIT में Admin हो गया था। बड़ी मुश्किल से तुम्हारा Email ID मिला। Actually मुझे तुमसे Physics का एक Question पूछना था। फिर राधिका ने Mail में एक Question पूछ भी लिया।"

इस तरह से राधिका ने निशा नाम से मनोहर से दोस्ती कर ली। उसे पता था कि मनोहर को पढ़ाई की बातें अच्छी लगती हैं। इसलिए उसने शुरुआत भी पढ़ाई से किया। अगले दिन मनोहर ने उस Mail का जवाब भी दिया। इस तरह से राधिका ने 6 महीने तक निशा के नाम से दोस्ती मजबूत की।

अब राधिका ने अपनी अगली चाल चली। उसने निशा के नाम से पुनः Mail किया कि वह उससे प्यार करती है और शादी करना चाहती है। राधिका यह जानना चाहती थी कि मनोहर निशा नाम के लड़की के प्रोपोजल का क्या जवाब देता है। जैसा उसे उम्मीद था, जवाब वैसा ही आया–"Sorry"। पर वह यह भी चाहती थी कि मनोहर यह भी बताये कि वह किसी और और लड़की से प्यार करता है या नहीं। पर मनोहर

ने सिर्फ Sorry लिखा था। राधिका ने निशा के नाम से ही अगला Mail किया और लिखा–"तुम मुझसे प्यार नही करते, कोई बात नही पर प्लीज इतना बता दो कि क्या तुम किसी और लड़की से प्यार करते हो और अगर हाँ तो प्लीज उसका नाम भी बता दो ताकि मुझे तसल्ली हो जाये कि वास्तव में तुम किसी और लड़की से प्यार करते हो। वर्ना मैं हमेशा यही समझती रहुँगी कि तुम मुझे टाल रहे हो और मै तुम्हारा जीवन भर इंतजार करती रहुंगी, किसी और के बारे में सोंचुंगी भी नहीं"।

मनोहर ने जब यह Mail पढ़ा तो एक बार तो उसने इसे Ignore करना चाहा। फिर उसने सोंचा कि Ignore करने से निशा के मन में हमेशा एक उम्मीद बनी रहेगी। इसलिए उसने अपने दिल की बात यानि कि वह राधिका को प्यार करता है, यह बात निशा अर्थात राधिका को ही Mail से बता दी।

राधिका ने जब यह Mail पढ़ा तो उसके खुशी का ठिकाना नही रहा। इतनी खुशी तो उसे शायद तब भी नही हुई थी जब उसका AIIMS में Selection हो गया था। फिर उसने तय किया कि वह मनोहर के साथ थोड़ी मस्ती करेगी और तब उसे पूरी सच्चाई बतायेगी। आखिर मनोहर से उसके दिल की बात निकलवाने कि लिए उसने 6 महीने तक काफी मेहनत की है। इसलिए मनोहर के साथ थोड़ी मस्ती का हक तो बनता ही है।

राधिका ने अगले दिन शाम को मनोहर को फोन किया। थोड़ी देर तक तो वह इधर-उधर की बातें करती रही, फिर वह मनोहर से बोली–"तुम्हे याद है, हम जब +2 में क्वीज में Participate कर रहे थे तो उसमें दूसरे स्कूल की एक लड़की निशा भी थी।"

मनोहर पहले तो वह राधिका के मुँह से निशा का नाम सुनकर चौंक गया, फिर अपने को संयमित करते हुए बोला–"नही मुझे याद नहीं। क्यों क्या हुआ।"

"अरे 6 महीने पहले वह एक एक्सीडेण्ट में मर गयी।"

"क्या! निशा मर गयी! ये कैसे हो सकता है?"

"कैसे हो सकता है क्या। एक्सीडेण्ट में वो मर गयी। मुझे परसों ही पता चला। मैने सोंचा, तुम्हे भी बता दूँ, हो सकता है तुम्हे याद हो।

"नहीं-नहीं, मुझे कोई निशा याद नहीं।"

"कोई बात नहीं। अभी फोन रखती हूँ। पापा के फोन आने का समय हो गया।"

"ठीक है।"

इसके बाद राधिका ने फोन काट दिया। मनोहर अब सोंच में पड़ गया। अगर निशा 6 महीने पहले मर गयी थी तो 6 महीने से वह उसे मेल कैसे कर रही थी। कही कोई प्रेत-व्रेत का चक्कर तो नहीं। वह बहुत डर गया। राधिका मनोहर को बहुत अच्छे से जान चुकी थी। उसे पता था कि मनोहर बहुत जल्द ही टेंशन में आ जायेगा। इसलिए उसने 1 घंटे बाद मनोहर को एक SMS किया-"क्यों निशा के बारे में जानकर परेशान हो गये? Very Sorry। एक बार फिर से Mail चेक करो"।

मनोहर को आश्चर्य हुआ कि राधिका को कैसे पता कि वो परेशान है। खैर, उसने अपना Mail चेक किया। उसमें राधिका का ही एक Mail आया हुआ था। उसने जब राधिका का मेल पढ़ा तो उसके आश्चर्य का ठिकाना नही रहा क्योंकि मनोहर ने जो मेल निशा को भेजा था, जिसमें उसने लिखा था कि वह राधिका से प्यार करता है, वही मेल राधिका ने कॉपी करके मनोहर को भेजा था। निशा को भेजा गया वह मेल राधिका के पास कैसे पहुंचा। वह तो कह रही थी कि निशा मर चुकी है। यह सब हो क्या रहा है? राधिका कहीं कोई खेल तो नही खेल रही। लेकिन एक बात तो स्पष्ट हो गयी थी, मनोहर के दिल की बात राधिका को पता चल चुकी है। मनोहर थोड़ा घबरा गया कि राधिका क्या सोंच रही होगी। फिर उसे लगा कि राधिका नाराज नही है। उसने SMS

तथा मेल दोनो ही मजाकिया अंदाज में भेजा था। मनोहर ने सोंचा कि हो सकता है निशा ने ही उसका मेल राधिका को Forward कर दिया हो क्योंकि वे दोनो एक दूसरे को जानते थे। पर यदि निशा ने उसका मेल राधिका को Forward किया है तो राधिका को निशा के मरने कि बात फैलाने की क्या जरुरत थी। मनोहर ने हिम्मत करके, डरते-डरते राधिका को फोन किया–"तुम्हारे पास निशा का मेल कैसे पहुँचा।"

राधिका ने मनोहर से पुछा–"पहले ये बताओ कि तुमने अपने मन की बात छुपायी क्यों?"

"मै डरता था कि तुम कहीं नाराज न हो जाओ।"

"और अगर मेरी शादी कहीं किसी दूसरे लड़के से हो जाती तो?"

"नहीं, उससे पहले मैं बता देता।"

"कब, शादी के मंडप में।"

"देखो, हमारे यहाँ तो यही कहा जाता है कि रिश्ते उपर स्वर्ग में बनते हैं। अगर तुम्हारी शादी मुझसे होनी लिखी है तो वह होकर ही रहेगी। अब ये बताओ कि निशा का मेल तुम्हारे पास कैसे पहुँचा।"

राधिका ने धीरे से कहा–"वो इसलिए कि मैं ही निशा हूँ। मैने ही तुम्हारे दिल की बात जानने के लिए निशा बनकर तुमसे दोस्ती की और निशा के नाम से तुम्हें मेल किया।"

मनोहर ने चौंकते हुए कहा–"क्या?"

"क्यों, लगा न 11000 वोल्ट का झटका।"

"सचमुच विश्वास नही हो रहा।"

"क्या करुँ, मेरी किस्मत में तुम जैसे अनाड़ी जो लिखे थे।"

"मतलब!"

"प्रोपोज करने में अक्सर लड़के पहल करते हैं। पर तुम जैसे बुद्धु से दिल की बात निकलवाने के लिए मुझे ये सब करना पड़ा।"

"बाप रे! तुम तो कमाल हो।"

"हाँ, वो तो हूँ।"

"पर तुमने ठीक से बताया नही कि क्या तुम भी मुझसे प्यार करती हो?"

"तुम वाकई में बुद्धु हो। अब मै क्या तुमको स्टैम्प पेपर पर लिख कर दुँ। अगर तुमसे प्यार नही करती तो क्या इतनी मेहनत करती।"

"पर फिर भी मेरी तसल्ली के लिए एक बार तो बोल दो।"

"सबकुछ जान जाने के बाद कितनी हिम्मत बढ़ गयी है!"

"प्लीज एक बार बोलो ना।"

"नहीं, मै नही बोलुँगी।"

"प्लीज।"

"तुमने एक बार भी मुझे बोला है। वो तो तुमने निशा को बताया है, मुझे थोड़े ही बोला है।"

(अब मनोहर चुप हो गया)

राधिका ने फिर पुछा–"क्यों, अब हिम्मत कहाँ गयी।"

मनोहर ने धीमे आवाज में कहा–"I Love You।"

राधिका ने भी जवाब दिया–"I Love You Too।"

थोड़ी देर तक दोनो चुप रहे, जैसे सुहागरात के समय दोनो ही शर्मा रहे हों। फिर थोड़ी देर बाद मनोहर बोला–"चलो हमने अपने Parents का काम आसान कर दिया।"

"ज्यादा खुश होने की जरुरत नहीं। अभी एक बहुत बड़ी मुश्किल तुम्हारा इंतजार कर रही है।"

"कैसी मुश्किल।"

"तुम्हे मेरे पापा को मनाना पड़ेगा। वो बहुत ही सख्त हैं।"

"मतलब फिल्मी ड्रामा शुरु।"

"जो भी समझो। अभी फोन रखती हुँ, अब वाकई पापा के फोन आने का समय हो गया है।"

"ठीक है। By"

"By"

"I Love You"

"I Love You Too।"

मनोहर और राधिका दोनो काफी खुश थे क्योंकि जिसे वे अपना जीवन साथी बनाना चहते थे वह उन्हें मिल गया था। दोनो एक दूसरे को लगभग 5 वर्षों से जानते थे और दोनो एक दूसरे को काफी अच्छी तरह से समझ भी चुके थे। एक अच्छी वैवाहिक जीवन के लिए यह सबसे जरुरी है कि पति-पत्नी एक दूसरे को समझें, एक दूसरे का सम्मान करें और एक दूसरे पर विश्वास करें। कभी भी एक-दूसरे को धोखा न दें।

इसी तरह समय बितता गया। मनोहर ने इंजीनीयरींग की पढ़ाई पूरी कर ली। उसे एक अच्छी कम्पनी में उँची सैलरी पर मुम्बई में ही नौकरी मिल गयी। अब उसके घर में सब कुछ ठीक हो गया था। घर में जब आमदनी होने लगती है तब वैसे भी सब कुछ पटरी पर आने लगता है। पैसे की कोई दिक्कत नहीं, समाज में ईज्जत और रहन-सहन भी बढ़िया। यही तो मनोहर अपने घर के लिए चाहता था। लेकिन यदि किसी की आमदनी बढ़ती है तो घरवालों के साथ-साथ पड़ोसी तथा रिश्तेदार भी उम्मीद करने लगते हैं। कुछ तो सच्चे होते हैं पर कुछ के मन में बेईमानी होती है। अब किसके मन में क्या है यह तो कोई नही जानता। अगली बार जब मनोहर अपने गाँव गया तो उसके सामने भी लोगों ने अपनी मन में बना रखी उम्मीद को रखा।

मनोहर कल ही गाँव आया था। अपने घर में चारपाई पर बैठा वह सोच रहा था कि यहाँ जो चारपाई पर बैठने पर भी जो सुख है वह शहर में महंगे से महंगे तथा आरामदायक सोफा पर भी नही है। यहाँ जो मजा खुली हवा में बैठने का है वह शहर में सबसे बढ़िया एयरकंडिशनर कमरे में भी बैठने में नही है। रहने का असली मजा तो गाँव में ही है। अभी वह इन्ही बातों में खोया था कि तभी उसके गाँव के एक भैया दिनेश आ गये। दिनेश मनोहर के अपने भैया नही थे बल्कि उसके पिता विष्णु के चचेरे भाई के बेटे थे। उम्र में वे मनोहर से 15-20 वर्ष बड़े होंगे। उनके मन में भी आशा थी कि जब मनोहर अच्छी तंख्वाह पा रहा है तो वह दूसरों की भी मदद जरुर करेगा क्योंकि वे मनोहर के स्वभाव से बचपन से ही परीचित थे।

"मनोहर, कब आये शहर से, हमें तो अभी बाहर चाचा ने बताया कि तुम आये हुए हो।"

"अरे भैया आप, नमस्ते। आइये बैठिये। बस कल ही आया था भैया।"

"कल आये और अभी तक मिलने भी नही आये।"

"बस नास्ता वगैरह करके मिलने आने ही वाला था।"

तभी मनोहर की माँ शकुंतला आ गयी। दिनेश ने गाँव के अंदाज में आगे कहा–"चाची मनोहर को लगता है शहर की हवा लग रही है। पहले तो आते ही हमसे मिलने आता था और अब देखिये कब आया कुछ पता ही नहीं।"

शकुंतला दिनेश को जानती थी और उसका आना उसे बहुत अच्छा नही लगा। इसलिए उसने उसे उसी की भाषा में जवाब दे दिया–"जब शहर में रहेगा तो शहर की हवा तो लगेगी ही।"

"हाँ ये बात तो है। वैसे चाची अब तो आप लोगों के मजे ही मजे हैं। अब मनोहर तो खुब बढ़िया कमा रहा है। अब मेरी मानिये तो चाचा

से कहिए कि ये सब खेती बारी छोड़ के आराम करें। पैसे की कोई कमी तो है नहीं।"

शकुंतला को जैसा उम्मीद था दिनेश ने वैसा ही बोला, जिससे ईर्ष्या की बदबु आती थी। जी में तो आया की सीधे-सीधे बाहर जाने के लिए कह दे, पर रिश्तों की मजबुरी थी। उसने अपनी भावनाओं पर नियंत्रण रखते हुए कहा–"दिनेश, आदमी को कभी भी बैठना नही चाहिए। अगर मशीन न चले तो उसमें भी जंग लग जाती है। इसलिए जब तक शरीर साथ दे तब तक हाँथ पैर चलाते रहना चाहिए।"

दिनेश ने हामी भरी–"ये आपने बिल्कुल सही कहा चाची। मनोहर बुरा न मानो तो एक बात करनी थी।"

"हाँ कहिये भैया"

दिनेश ने आने का अपना असली उद्देश्य बता दिया–"अब बैलों से खेत जोतवाने का समय धीरे-धीरे खत्म हो रहा है। इसलिए मैं एक ट्रैक्टर खरीदने की सोच रहा था। 2 लाख लगभग मैं अपने पास से लगा रहा हूँ और कुछ लोन ले रहा हूँ। पर फिर भी एक लाख रुपये घट रहे हैं। अगर तुम्हारे पास हों तो हमें उधारी दे दो। एक साल के बाद मैं वापस कर दुंगा। मेरा ट्रैक्टर खरीदा जायेगा।"

मनोहर ने अभी-अभी कमाना शुरु किया था। वह लोगों को ठीक से जानता नही था। मनोहर तो हमेशा यही चाहता था कि उसके गाँव वाले भी तरक्की करें। इसलिए उसने बिना सोंच-विचार किये फौरन हाँ कर दिया–"आप ट्रैक्टर खरीदने जा रहे हैं यह तो बहुत अच्छी बात है। ट्रैक्टर से खेत की जुताई बहुत अच्छे ढ़ंग से होती है और पैदावार भी बढ़ता है। मेरे पास एक लाख रुपये हैं, मै आपको दे दुंगा।"

उसकी मां शकुंतला को कुछ कहने का मौका ही नही मिला। दिनेश के मन की मुराद पूरी हो गयी।

"अरे वाह, सब कहते थे कि मनोहर अब बदल गया होगा। पर मैं हमेशा कहता था कि नही मेरा भाई कभी नही बदलेगा। अभी भी तुम्हारा

लगाव हम लोगों से बना है, वर्ना लोग तो जैसे ही कमाना शुरु करते हैं, अपने पड़ोसी तथा रिस्तेदारों को भुल जाते हैं। कुछ तो अपने माँ-बाप तक को भुल जाते हैं। पर तुम उन जैसे नही हो। चलो मै अब निकलता हूँ।"

"ठीक है भैया। मैं मुम्बई जाते ही आपको पैसे भिजवा दुंगा।"

दिनेश के जाते ही मनोहर की मां ने मनोहर को टोका—"ये क्या किया तुमने?"

"क्यों क्या हुआ माँ"

"तुमने दिनेश को एक लाख रुपये देने की हामी भर ली।"

"उन्हें ट्रैक्टर खरीदनी है जिससे खेती और अच्छे ढ़ंग से होगी। इसमें बुराई ही क्या है।"

"बुराई ट्रैक्टर खरीदने में नही है। समस्या दिनेश को पैसे देने में है। तुम जानते नही हो उसे।"

"उन्हें पैसे देने में क्या समस्या है, वे हमारे अपने ही तो हैं। और फिर उन्होंने कहा है कि वे एक साल बाद पैसा वापस कर देंगें।"

तभी मनोहर के पिता विष्णु आ गये। मनोहर की माँ ने गुस्साते हुए कहा—"समझाईये अपने बेटे को कि ऐसे अपने पैसे न लुटाये"

विष्णु को कुछ पता नही था। उसने पुछा—"क्यों क्या हुआ। कहां पैसे लुटा रहा है मनोहर"

शकुंतला ने पूरी बात बतायी—"अभी-अभी दिनेश आया था। ट्रैक्टर खरीदने के लिए मनोहर से एक लाख रुपये उधारी की बात कर गया"

विष्णु ने तुरंत मनोहर से पुछा—"मनोहर, तुमने हाँ तो नही किया।"

"इसने बिना किसी से पुछे हाँ कर दिया।"

विष्णु ने शकुंतला को डांटा—"अरे तुम तो थी, तुमने रोका क्यों नहीं।"

"मै कुछ बोल पाती उससे पहले ही इसने हाँ कर दी।"

"ये तुमने क्या किया बेटा। हमसे पहले पुछ तो लेना चाहिये था। पैसा तुम्हारा है, तुम जिसे देना चाहो दो। पर देने से पहले इतना तो सोंचो कि जिसे हम दे रहे हैं वह वापस करेगा भी या नहीं।"

"दिनेश भैया ने कहा है कि वह एक साल बाद पैसा वापस कर देंगें।"

विष्णु ने मनोहर को समझाया–"अरे वह सिर्फ कहता है, करता नही है। अब ये एक लाख रुपये वापस कब मिलेंगें, पता नहीं।"

शकुंतला ने उपाय सुझाया–"अभी भी क्या बिगड़ा है। अभी तो सिर्फ पैसे देने के लिए हां ही किया है, दिया थोड़े है। मना कर देना।"

विष्णु ने कहा–"नही ये ठीक नही होगा। जब हाँ कर ही दी है तो अब मना करना अच्छा नही होगा। लोग इसपर हंसेंगें। अब जाने दो, जो होगा सो होगा पर जब कह दिया तो पैसे दे देना। मना मत करना। पर बेटा थोड़ी दुनियादारी समझो। कौन कैसा है, किसके साथ क्या व्यवहार करना है यह समझना होगा। वर्ना सबलोग तुम्हें कंगाल करके छोड़ेंगें।"

मनोहर समझ नही पाया कि उसने सही किया या गलत। वह तो अपने साथ-साथ दूसरे सभी किसानों के लिए भी तरक्की चाहता था। उसे नही पता था कि दिनेश भैया के मन में क्या है। मनोहर तो सिर्फ इतना चाहता था कि गाँव के सभी लोग खुशहाल जीवन व्यतीत करें, उनकी आमदनी बढ़े। उसके मन में गाँववालों के लिए कुछ करने की प्रबल इच्छा थी। पर इन सब में शायद अभी कुछ वक्त और लगना था। अभी तो मनोहर और राधिका की प्रेम कहानी परवान चढ़ रही थी।

राधिका की पढ़ाई अभी चल ही रही थी और वह दिल्ली में ही थी। मनोहर के मन में राधिका को दुबारा देखने की तीव्र इच्छा हो रही थी। स्कूल छोड़ने के बाद से उसने राधिका को नही देखा था, केवल फोन से ही बात होती रहती थी। अब जब प्यार का इजहार हो ही गया

था तो क्यों न दिल्ली चल कर साथ में घुमने का भी आनन्द लिया जाये। वैसे भी उसने दिल्ली ठीक से देखा नही था। एक बार जब मामा के लड़के की शादी में गया था तब तो बस मामा के घर ही गया था, कुछ भी देख नही पाया था।

मनोहर ने राधिका से बात की। राधिका ने भी हामी भर दी। साथ घुमने की बात सोंचकर वह भी काफी प्रफुल्लित हो गयी। मनोहर अपने ऑफिस से तीन दिनों की छुट्टी लेकर दिल्ली आ गया। नई दिल्ली स्टेशन पर ही राधिका उससे मिलने आयी थी। अब वह अपने पूर्ण यौवनावस्था में थी और उसकी सुन्दरता अब अपने चरम पर थी। मनोहर ने जब राधिका को देखा तो वह उसे बस देखता ही रह गया। उसने महसुस किया कि जैसा फिल्मों में नायिका को देखकर नायक के मन की हालत को दिखाया जाता है वैसा असल जीवन में भी होता है। मन अपने-आप कोई रोमांटिक गाना गाने को बेकरार होने लगा। जी में आया कि राधिका से कहे कि वो बस अपनी आँखें बंद करके उसके सामने बैठ जाये और वह जी भरकर उसको देखता ही रहे। पर अपने शर्मीले व्यवहार के कारण अपने मन की बात जुबां पर नही ला सका। उसने उपर वाले को शुक्रिया अदा किया जिसने उसके उपर मेहरबानी की थी और राधिका जैसी सुन्दर और समझदार जीवनसाथी उसके भाग्य में लिखी थी। मनोहर को अब अपने किशमत पर गुमान हो रहा था।

मनोहर स्टेशन के पास ही एक होटल में ठहर गया। साथ घुमने की पूरी प्लानिंग बन गयी। साथ में कहाँ सिनेमा देखना है, कौन-कौन से महल घुमने हैं, लाल किला तथा दिल्ली में और कहाँ-कहाँ घुमना है, सबकी लिस्ट बन गयी। अर्थात दिल्ली घुमने के साथ-साथ रोमांस भी।

पहले तो वे सिर्फ दोस्त थे पर अब जीवन साथी बनने के दहलीज पर खड़े थे। पहले जब बात करते तो संभल कर, पर अब बातों में छेड़-छाड़ थी। बातचीत करने में उतनी बंदिश नही थी। मनोहर को कई बार मन में आया कि काश राधिका के आलिंगन का मौका मिल जाता।

पर अपने मन की बात उसने मन में ही रखी। कहीं राधिका को बुरा लगा तो। और फिर उनकी शादी तो होनी ही है। इसलिए जल्दी क्या है। अभी तो बस साथ घुमने का मजा लेना चाहिए।

घुमते हुए दोनों साथ-साथ चल रहे थे। कई बार राधिका की कलाई मनोहर के कलाई से स्पर्श कर रही थी। मनोहर दुविधा में था, वह राधिका की कलाई पकड़े या न पकड़े। मन में कई उमंगें जाग रही थीं पर साथ में थोड़ा डर भी था। फिर उसने सोचा हाथ पकड़ने में क्या बुराई है, यह तो आजकल आम बात है, सारे प्रेमी युगल तो हाँथों में हाँथें डाले हर जगह घुमते दिख जाते हैं। हिम्मत करके, डरते हुए मनोहर ने राधिका की कलाई पकड़ ली। राधिका ने कोई प्रतिक्रीया नही दिखायी। मनोहर को तसल्ली हुई कि राधिका को बुरा नही लगा। मनोहर ने नजरें तिरछी करके राधिका को देखा, वह सर झुका कर मुस्करा रही थी। मनोहर भी प्रसन्न हुआ और मंद-मंद मुस्कराने लगा।

तीन दिनों तक वे साथ-साथ पूरी दिल्ली घुमते रहे। काश कि ये पल यहीं ठहर जाते। पूरा जीवन ऐसा ही होता तो कितना मजा आता। पर अब घुमने का समय पूरा हो गया था और अगले दिन मनोहर को वापस जाना था। शाम को वे दोनो इंडिया गेट घुमने गये। नवम्बर का महीना, न अधिक गर्मी, न ठंडक। मौसम भी अनुकुल तथा जगह भी। यह जगह प्रेमी युगलों के लिए सबसे उपयुक्त थी जिनकी हमेशा इच्छा होती है कि वे बस एक दूसरे से बातें ही करते रहें और एक दूसरे को देखते रहें। कुछ अपनी मन की कहें तो कुछ उसके मन की सुनें। कई बार सिर्फ बातें करने का एक अलग ही आनन्द होता है और प्रेम में तो प्रेमी तथा प्रेमिका का यह सबसे मनपसन्द काम होता है। उस समय एक-दूसरे के द्वारा कहा गया हर शब्द प्यारा लगता है। जी करता है कि बस उसे बोलते हुए देखता रहुँ।

मनोहर ने राधिका को देखते हुए कहा–"कितना अच्छा लगता है न यह सोचकर कि अब हमलोग जीवनसाथी बनने वाले हैं।"

राधिका ने सर झुकाकर धीरे से जवाब दिया–"हाँ"

"बस अब तुम जल्दी से अपनी पढ़ाई पूरी कर लो ताकि हम शादी कर सकें।"

"अब बहुत जल्दी हो रही है शादी करने की।"

"अब अकेले रहने में मजा नही आता।"

"अच्छा!"

थोड़ी देर दोनों चुप रहे। फिर राधिका बोली–"अच्छा ये बताओ इतने दिनों से बाहर अकेले रहते हो, कोई Girl Friend तो जरुर बनाई होगी।"

मनोहर ने गौर से राधिका को देखा और सोंचा ये मौका अच्छा है, थोड़ा मजा लिया जा सकता है–"हाँ, ऑफिस की ही एक लड़की है, वीनिता। उससे थोड़ी बहुत बात-चीत हो जाती है।"

"लेकिन मुझे तो आज तक कभी नही बताया तुमने वीनिता के बारे में।"

"तुम से बात-चीत में कभी उसका जिक्र ही नही आया। पर उसे तुम्हारे बारे में सब पता है।"

"वाह! शादी मुझसे होनी है और मुझे इनके Girl Friend के बारे में कुछ पता ही नही और इनके Girl Friend को मेरे बारे में सब पता है।"

मनोहर को थोड़ा आनन्द आया क्योंकि राधिका उस वीनिता नाम के काल्पनिक लड़की से थोड़ी ईर्ष्या कर रही थी। उसने बात आगे बढ़ाया–"अरे तुम तो नाराज हो गयी। कुछ गलत मत समझना। बस हम कभी कभार साथ में शॉपिंग या रेस्टुरेंट में खाना खा लेते हैं।"

राधिका ने गुस्से में कहा–"अच्छा! तुम साथ में शॉपिंग भी करते हो और खाना भी खाते हो। और मुझे अभी तक उसका नाम भी नही बताया था"

"यही तो लड़कियों के साथ प्रॉब्लम है। हर बात को कुछ और ही तरीके से ले लेती हैं।"

"मुझे कुछ घुमना-उमना नहीं। चलो वापस चलते हैं।"

मनोहर ने सोंचा अब इसे यही खत्म किया जाय अन्यथा बात बिगड़ भी सकती है-"I am sorry। मैं तो मजाक कर रहा था। विनिता नाम की मेरी कोई Girl Friend नही है।"

"तो कोई और होगी"

"अरे मै सच में मजाक कर रहा था। मेरी कोई Girl Friend नही है।"

"क्या पता अब झुठ बोल रहे हो।"

मनोहर ने सफाई दी-"तुम तो मुझे इतने दिनों से जानती हो, कभी मुझे किसी लड़की से बात करते भी देखा है।"

"वो तो स्कूल की बात थी। क्या पता अब तुम बदल गये होगे।" मनोहर को लगने लगा कि यह मजाक तो मंहगा पड़ रहा है। उसने राधिका का हाथ पकड़कर कहा-"अरे बाबा मै सच-मुच मजाक कर रहा था, बस तुम्हें जलाने के लिए। मैं देखना चाहता था कि तुम मुझसे कितना प्यार करती हो।"

राधिका, मनोहर का हाथ झटकते हुए कहा-"लेकिन मुझे यकिन नही आ रहा।"

"अब तुम्हे कैसे विश्वास दिलाऊँ। तुम मेरा मोबाईल देख लो। अगर मैं विनिता नाम की किसी लड़की को इतना जानता तो क्या उसका नम्बर सेव कर के नही रखुंगा।"

राधिका ने सचमुच मनोहर का मोबाईल ले लिया और Contact List देखने लगी। पर विनिता नाम से कोई नम्बर नही मिला।

मनोहर राधिका को समझाते हुए बोला-"अब मूड मत ऑफ करो। बात यही खत्म करते हैं।"

मनोहर ने सोचा कि उसने बेकार ही में राधिका से ये मजाक कर दिया। इतना बढ़िया शाम का मजा कही खराब न हो जाये। थोड़ी देर तक दोनो चुप रहे। फिर अचानक मनोहर को एक आईडिया सुझा–"एक और उपाय है तुम्हे यकिन दिलाने का।"

राधिका ने रुखाई से ही जवाब दिया–"क्या?"

"तुम योगेश को तो जानती हो न।"

"हाँ"

"मै उसे फोन लगाता हूँ और उससे विनिता नाम के लड़की के बारे में पुछुंगा। तुम खुद ही सुन लेना वो क्या जवाब देता है।"

योगेश मनोहर के ही ऑफिस में काम करता था। फोन से बात-चीत के दौरान मनोहर ने कई बार उसका जिक्र राधिका से किया था। इसलिए राधिका योगेश नाम से परीचित थी। मनोहर ने योगेश को फोन लगाया– "योगेश।"

"हाँ, बोलो भाई क्या हाल-चाल हैं। मजा ले रहे हो दिल्ली का"

"बस बढ़िया है यार। तुम सुनाओ, कैसे हो?"

"ठीक है, पर तुमने मुझे अभी कैसे याद किया, तु तो छुट्टी पर है"

"हाँ, वो विनिता के बारे में पुछना था। कैसी है वो?"

"विनिता!, कौन विनिता?"

"अरे वही विनिता जो अपने ऑफिस में काम करती है।"

"अपने ऑफिस में कौन विनिता है? मुझे तो मालुम नहीं। अपने ऑफिस के तो सभी को मैं जानता हूँ, पर कोई विनिता नाम की लड़की अपने ऑफिस में तो काम नही करती।"

मनोहर ने जोर देकर पुछा–"नही करती ना"

"नहीं, कोई विनिता नाम की लड़की काम नही करती।"

"ठीक है, तुझसे बाद में बात करता हूँ।"

"पर हुआ क्या, मैं समझ नही पाया"

"तुमको मैं बाद में बताता हूँ। अभी मैं फोन रखता हूँ। बॉय।"

(इसके बाद मनोहर ने फोन डिसकनेक्ट कर दिया)

मनोहर ने अब राधिका को समझाया–"अब तो यकिन आया।"

राधिका ने नाराज होते हुए कहा–"पर आगे से कभी ऐसा मजाक मत करना। अपने प्यार के मामले में मजाक मैं बिल्कुल भी बर्दास्त नही करुँगी"

"सॉरी, आगे से ध्यान रखुँगा। चलो तुम्हारा मूड ठिक करने के लिए आईसक्रिम खाते हैं। तुम्हें आईसक्रिम बहुत पसंद हैं"

"हाँ चलो। वैसे मेरी नाराजगी के बाद तुम्हारी हालत देखकर मुझे एक जोक याद आ गया"

"कौन सा जोक, हमें भी सुनाओ"

"एक जंगल के बीच में 5-6 गाँव थे और संयोग से सभी गाँवों के लिए सिर्फ एक ही पंडितजी थे। इसलिए शादी-ब्याह के मौसम में वे अक्सर हड़बड़ी में होते। जल्दी-जल्दी एक शादी करायी और फिर भागे दूसरी शादी कराने। कई बार रात में भी उन्हे एक गाँव से दूसरे गाँव जंगल से होकर जाना पड़ता था। इसी तरह वे एक बार रात में एक गाँव से दूसरे गाँव जंगल से होकर जा रहे थे। तभी सामने एक शेर आ गया। शेर को देखकर पंडितजी डर गये। शेर बोला–आज मजा आयेगा, मै तुम्हे खाउँगा। पंडितजी बोले–प्लीज छोड़ दो। शेर बोला–नहीं-नहीं, ऐसे मोटे-ताजे माल को मैं नही छोडुंगा। पंडितजी ने फिर निवेदन किया–प्लीज मुझे छोड़ दो, बदले में मै तुम्हारा कोई काम कर दुंगा। शेर ने पुछा–क्या काम करते हो। पंडितजी बोले–मै लोगों की शादी करवाता हूँ। इतना सुनना था कि शेर वहां से भागने लगा। पंडितजी ने उसे पुकारा–अरे रुको, मै तुम्हारी शादी करवा दुंगा। पर शेर नही रुका। पंडितजी शेर के पीछे दौड़े और चिल्लाते हुए दुबारा बोले–अरे रुको भई, मैं सचमुच

तुम्हारी शादी करवा दुंगा। पर शेर फिर भी नही रुका। अब शेर आगे-आगे और पंडितजी उसके पीछे-पीछे। शेर तेजी से भाग रहा था। तभी उसे एक चुहा मिला। शेर को भागते देख उसने शेर से पुछा–क्या हुआ महाराज, आप इतनी तेजी से क्यों भाग रहे हैं। शेर हांफते-हांफते बोला–अरे देखो, मेरे पीछे एक पंडित पड़ा है और कहता कि वो मेरी शादी करवा देगा, पर मै अभी शादी नही करना चाहता। यह सुनते ही चुहे ने कहा–भागिये महाराज, जोर से भागिये और पलट कर भी मत देखियेगा, क्योंकि शादी से पहले मै भी शेर था।"

मनोहर जोर से हंसने लगा–"मतलब मैं चुहा बनने वाला हूँ"

"बनने वाले क्या हो, मैने तो तुम्हे अभी से चुहा बना दिया। देखी नही अपनी हालत। कितने सारे सबुत दे रहे थे अपने बेगुनाही के।"

"जीवन में शांति चाहिए तो चुहा बन जाना ही ठीक है, कम से कम चुहिया का साथ तो बना रहेगा।"

"चुहिया नहीं, शेरनी। भुलो मत अभी शादी हुई नही है।"

"ठीक है Lady Lion। ये लो हमें आईसक्रीम वाला भी मिल गया। अब आईसक्रीम खाया जाये।"

फिर दोनो नें आईसक्रिम खाये। अब जाकर माहौल कुछ अच्छा हुआ। मनोहर ने पुराने दिनों को याद करते हुए कहा–"स्कूल के दिन याद करते हैं तब कितना मजा आता है।"

"तुम्हे स्कूल के दिनों को याद करके क्या मजा आता होगा। तुमने पढ़ाई के आलावा किया ही क्या था।"

"हाँ ठीक है मै पढ़ाई पर ही ज्यादा ध्यान देता था पर फिर भी अच्छे दिन तो थे हीं। तुम्हारे साथ पढ़ाई पर ही डिस्कस करना, फिर तुम्हारे साथ ही क्विज जितना, ये सब कितना मजेदार था।"

"मतलब वहाँ भी मेरे अलावा कुछ और याद नहीं।"

"घर और पढ़ाई के बाद तुम्हारे सिवा और कोई है ही नही मेरे जीवन में।"

"अच्छा सच बताना, स्कूल में मैं जब तुम्हारे बगल में बैठती थी या तुमसे बातें करती थी तुम्हे कुछ होता नही था।"

"हाँ, कुछ होता तो था। अच्छा लगता था, मन में एक हलचल सी होती थी। पर हमेशा लगता था कि जब स्कूल के दिन खत्म हों जायेंगें तब तुमसे कैसे मिल पाऊँगा, तुम्हारे इस चांद से भी प्यारे चेहरे को कैसे देख पाऊँगा।"

"अच्छा, मतलब तब से मुझे लाईन मारते थे, पर बोला कुछ नहीं।"

"डर लगता था।"

"यही कि कहीं मैं बुरा न मान जाऊँ।"

"हाँ, यही डर लगता था।"

"अच्छा किया, तब मै सचमुच बुरा मान जाती।"

"एक बात और थी। मुझे यह भी डर था कि कही मैं अपने रास्ते से भटक न जाऊँ।"

"चलो जो भी हुआ अच्छा हुआ। हम मिल भी गये और हमारा कैरियर भी बन गया।"

"शायद पिछले जन्म के कोई पूण्य होंगे जो मुझे तुम जैसी हमसफर मिली।"

"अब ज्यादा हो रहा है। अभी तक तुमने मेरा सिर्फ शादी के पहले वाला रुप देखा है।"

"अच्छा हाँ। मैं तो भुल ही गया था कि शादी तक लड़की चन्द्रमुखी लगती है, शादी के अगले दो साल तक सूर्यमुखी और फिर ज्वालामुखी।"

राधिका जोर से हंसने लगी और हंसते हुए कहा–"मतलब अभी मेरा सूर्यमुखी और ज्वालामुखी वाला रुप देखना बाकी है। अच्छा कैसा होगा जब मै सूर्यमुखी या ज्वालामुखी बन जाऊँगी।"

"तुम तो मुझे अभी से डरा रही हो।"

"सच तो एक दिन सामने आना ही है। और मै कोई दुनिया से अलग थोड़े ही हूँ। जैसा सब के साथ होता है वैसा ही तुम्हारे और मेरे साथ भी होगा।"

"मतलब तुम बदल जाओगी। चाहे कुछ भी हो जाये, तुम जैसी अभी हो वैसी ही रहना।"

"अरे तुम तो सिरियस हो गये। मै तो तुमसे मजाक कर रही थी। मैं सारी जीवन, बल्कि इस जीवन क्या हर जीवन में ही तुमसे ही सबसे ज्यादा प्यार करती रहुँगी।"

मनोहर थोड़ा मुस्कराया।

राधिका ने आगे पुछा–"मैने तो कह दिया कि मै हर जीवन में तुमसे ही प्यार करती रहुँगी, पर तुमने अपना इरादा नही बताया। कोई विनिता तो मन में नही है?"

मनोहर ने मुस्कराते हुए कहा–"न तो तुम से मिलने से पहले और नही तुमसे मिलने के बाद मैने किसी और को चाहा है। मै तो किसी भी जन्म में तुम्हारे अलावा किसी और के बारे में सोच भी नही सकता।"

"थैंक यू। अब नौ बज गये, चलो कहीं खाना खाते हैं और फिर वापस लौटते हैं।"

मनोहर ने आह भरते हुए कहा–"अच्छे पल कितने जल्दी बित जाते हैं।"

राधिका ने मनोहर को तसल्ली भरी अंदाज में कहा–"कोई बात नहीं, अभी जीवन में अच्छे पल और आयेंगें।"

"कैसे अच्छे वाले, चन्द्रमुखी वाले या ज्वालामुखी वाले।"

दोनों हंसने लगे। फिर दोनों ने एक रेस्तरॉ में खाना खाया और वापस अपने-अपने ठिकाने को लौट गये। अगले दिन मनोहर भी मुम्बई वापस लौट गया।

एक साल और बीत गयी तथा अब राधिका की पढ़ाई पूरी होने वाली थी। राधिका अभी आगे और पढ़ना चाहती थी। पर उसके Parents अब उसकी शादी कर देना चाहते थे। इसलिए वह अब चुप नही बैठ सकती थी। उसने मनोहर से बात की–"मनोहर, मेरे पापा मेरे लिए लड़का खोज रहे हैं। उनका कहना है कि वे मेरी MBBS की पढ़ाई पूरी होते ही वे मेरी शादी कर देना चाहते हैं।"

"तो तुमने अपने पापा को हमारे रिश्ते के बारे में बताया नहीं।"

"नहीं, मुझे डर लगता है। पापा बड़े ही सख्त हैं तथा थोड़े पुराने खयालातों वाले भी हैं।"

"तो तुम्ही बताओ क्या किया जाये। मै जाकर बात करुँ।"

"मै चाहती हूँ कि तुम तब बात करो जब मैं वहाँ रहुँ ताकि मैं भी अपने मन की बात बता सकुँ।"

"हाँ, ये ठीक रहेगा।"

"मैं अगले महीने घर जाऊँगी। तुम भी वहाँ आ जाना।"

"ठीक है। पिताजी को भी अपने साथ लेता आऊँ तो कैसा रहेगा।"

राधिका ने साफ मना कर दिया–"नहीं, ऐसा मत करना। पापा गुस्से में कभी-कभी ज्यादा बोल जाते हैं। कही उन्होंने तुम्हारे पिताजी को कुछ उल्टा-सीधा बोल दिया तो सब गड़बड़ हो जायेगा।"

"हाँ, ये बात तो है।"

"ठीक है, मैं तुम्हे अपने घर का पता SMS करती हूँ।"

अगले महीने जब राधिका अपने घर गयी तो उसके 1-2 दिन बाद मनोहर उसके घर उसके मम्मी-पापा से बात करने आ गया। दरवाजा राधिका ही खोली और मनोहर को सोफे पर बैठा कर बोली–"अभी पापा को अंदर से भेजती हूँ, जरा ठीक से बात करना।"

फिर उसने पापा को आवाज दिया–"पापा आप से कोई मिलने आया है।"

मनोहर सोफे पर बैठकर राधिका के पिता का इंतजार करने लगा। धड़कनें तेज हो गयीं थी। यह पल बस वैसा ही था जैसा परीक्षा में प्रश्न पत्र मिलने से पहले का होता है। पता नही कौन सा सवाल आयेगा। थोड़ी देर में राधिका के पापा भी आ गये। मनोहर उठ खड़ा हुआ। उसके आश्चर्य का ठीकाना न रहा क्योंकि राधिका के पापा वही थे जिनसे वह ट्रेन में मिला था। उसे देखते ही राधिका के पापा बोले–"अरे तुम। यहाँ कैसे?"

मनोहर सकपकाते हुए बोला–"जी बस आपसे मिलने चला आया।"

मनोहर ने जो कुछ भी सोंच रखा था, सब कुछ उससे अलग हो गया। अब उसे सारे जवाब नये ढ़ंग से देने थे। यह जवाब भी उसे अचानक ही सुझा। शायद मौके के अनुसार।

"तुम्हे मेरा पता कैसे मिला?"

"आपने अपना पता बताया तो था।" (यह जवाब भी उसे अचानक ही पता नही कैसे सुझा)

"अच्छा! मुझे याद नहीं है। हो सकता है बताया हो। और बताओ क्या हाल-चाल है?"

"बस अंकल सब अच्छा है।"

"अब तक तो पढाई पूरी हो गयी होगी। क्या कर रहे हो अभी?"

"जी, मुम्बई में जॉब कर रहा हूँ।"

"वेरी गुड।"

तभी वहाँ राधिका की माँ भी आ गयी। राधिका के पापा ने माँ से कहा–"रश्मि देखो, यह वही लड़का है जिससे मैं ट्रेन में मिला था। इसने IIT से इंजीनीयरिंग की है और अभी मुम्बई में जॉब कर रहा है।"

राधिका अंदर से सारी बातें सुन रही थी। उसे आश्चर्य हुआ कि पापा और मनोहर एक दूसरे को जानते हैं। फिर राधिका के पापा ने राधिका को आवाज दिया–"राधिका जरा चाय लाना।"

फिर वे मनोहर से बोले–"मुझे बड़ा अच्छा लगता है जब कोई गाँव से पढ़कर इतनी उँचाई पर पहुँचता है। किनसे प्रेरणा मिली तुम्हें पढ़ने की।"

"अपने स्कूल के हेडमास्टर साहब से। वह हमेशा सभी बच्चों को पढ़ने के लिए प्रोत्साहित करते रहते थे।"

थोड़ी देर बाद राधिका चाय लेकर आ गयी। उसने सभी को बारी-बारी से चाय दिया। मनोहर को चाय देते समय उसने उसे घुर कर देखा और आँखों से इसारा किया, मानो कह रही हो–काम की बात भी तो करो। लेकिन मनोहर को समझ नही आ रहा था कि शुरुआत कैसे किया जाये। तुरंत ही सब चाय भी पीने लगे और इधर-उधर की बातें होने लगीं। थोड़ी देर में चाय भी खत्म हो गयी। मनोहर अभी तक बात की शुरुआत भी नही कर सका था। जब चाय खत्म हो गयी तब राधिका के पापा बोले–चलो भई बड़ा अच्छा लगा तुमसे मिलकर। मुझे किसी काम से अभी निकलना है। फिर कभी इधर आओ तो यहाँ जरुर आना।

अब मनोहर के पास कोई उपाय नही था। अब उसे अपने मन की बात बतानी ही थी। उसने धीरे से बोला - "Actually अंकल मुझे आप से एक और बात करनी थी।"

"हाँ, बोलो"

"शायद आप नही जानते कि मै और राधिका स्कूल के समय से ही एक दूसरे को जानते है। हम एक ही स्कूल में पढ़ते थे।"

मनोहर के मुँह से राधिका का नाम सुनकर राधिका के पापा थोड़े चौंके और गम्भीर हो गये। उन्होंने शवालिया नजरों से देखते हुए पुछा–"तुम राधिका को जानते हो?"

"जी और मुझे आपसे राधिका के बारे में ही बात करनी थी।"

"राधिका के बारे में!"

"जी। हम एक दूसरे को पसंद करते हैं और शादी भी करना चाहते हैं।"–मनोहर ने थोड़ी कांपती और लड़खड़ाती आवाज में कहा।

राधिका के मम्मी पापा एक दूसरे को देखने लगे। तभी राधिका की माँ बोल पड़ी–"अरे, ये कैसे हो सकता है। हम तो तुम्हें जानते भी नहीं। तुम्हारा घर कैसा है, तुम्हारे घर के लोग क्या करते हैं।"

"जी, मेरे घर में मेरे अलावा सिर्फ मेरी माँ और पिताजी हैं। पिताजी किसान हैं, खेती करते हैं।"

राधिका की माँ ने थोड़ी तेजी में कहा–"लेकिन हम तो तुम्हे जानते नहीं, तुम्हारा जात क्या है?"

तभी राधिका के पापा राधिका की माँ को चुप कराते हुए बोले–"एक मिनट, यानि तुम और राधिका एक दूसरे को 6-7 वर्षों से जानते हो।"

"जी"

"जब तुम ट्रेन में मिले थे तब क्या तुम्हे पता था कि मैं राधिका का पिता हूँ।"

"नहीं"

राधिका के पापा ने कुछ सोंचते हुए कहा–"अच्छा ठीक है, अभी जाओ। 2-3 दिन में हम सोंचकर बताते हैं।"

"ठीक है, मै चलता हूँ। नमस्ते।"

और मनोहर वहाँ से चला गया। परीक्षा खत्म। जो भी, जैसा भी जवाब समझ में आया, दे दिया। दिमाग नही लगाया। वैसे भी, इन मामलों में दिमाग की ज्यादा जरुरत नही होती। उसके जाने के बाद राधिका के मम्मी-पापा आपस में बातें करने लगे।

राधिका की माँ ने नाराजगी भर स्वर में कहा–"आपको सीधे-सीधे मना कर देना चाहिए था, आपने 2-3 दिन का समय क्यों लिया।"

राधिका के पापा ने समझाते हुए कहा–"देखो, शादी-ब्याह के मामलों में जल्दबाजी नही करनी चाहिए, न तो हाँ करने के लिए और

न ही ना करने के लिए। मैने इस लड़के को तब देखा था जब मैं इसे और ये मुझे जानता तक नही था। मेरे खयाल से यह वाकई एक अच्छा लड़का है। गाँव में पला बढ़ा है, अपनी मेहनत और लगन के दम पर IIT से इंजीनीयरिंग किया और अब मुम्बई में अच्छी जॉब कर रहा है। हमें इसके बारे में विचार करना चाहिए।"

"लेकिन क्या यह हमारे जात का है?"

"अरे आज के जमाने में इससे क्या फर्क पड़ता है।"

राधिका के माँ ने दूसरी समस्या बताई–"इसके माँ–बाप तो किसान हैं, गाँव में रहते हैं।"

"मेरे माँ–बाप भी तो किसान थे, और ये कौन सा गाँव में रहेगा। IIT से इंजीनियरींग करके मुम्बई में जॉब कर रहा है। घर का इकलौता बेटा है, माँ–बाप भी साथ आ जायेंगें।"

"आप इतने उदारवादी कैसे हो गये, बाकी मामलों में तो बड़े सख्त हो जाते हैं।"

"क्योंकि यह मेरी बेटी के भविष्य का सवाल है और मैं उसके लिए एक योग्य लड़का खोज रहा हूँ। अब उसने अगर खुद ही लड़का खोज लिया है तो इसमें बुरा ही क्या है। राधिका इस लड़के को 6–7 वर्षों से जानती है। अब तक उसे काफी हद तक समझ भी चुकी होगी। और हमने कौन सा हाँ कर दिया है। इसीलिए तो 2–3 दिन का समय लिया है।"

"लेकिन राधिका से भी तो पुछ लीजिए।"

"हाँ जरुर" और फिर उन्होंने राधिका को आवाज दिया–"कौन था यह लड़का?"

"ये मनोहर था पापा, हम +2 से एक दूसरे को जानते हैं।"

"यह जो कह रहा था वो सच है, मतलब क्या तुम भी उसे पसंद करती हो।"

"जी"

"अच्छा! तो तुमने उसे यहाँ का पता दिया था। और मैं समझ रहा था कि उसे पता याद है। देख लो, वह अभी से झुठ बोल रहा है।"

"वह आपसे बात करने में नर्वश हो गया होगा।"

"तुम उसे 6-7 वर्षों से जानती हो, महीने में कितनी बार मिलना होता है।"

"एक बार भी नहीं। मैं दिल्ली में रहती हूँ और वह मुम्बई में। स्कूल खत्म होने के बाद हम सिर्फ एक बार पिछले साल मिले थे। बाकि समय सिर्फ फोन से या मेल से ही बातें होतीं हैं।"

राधिका की माँ ने अपने मन के शंका रखी - "लेकिन क्या तुम उसे ठीक से जान गयी हो। वो कैसा है, उसके माँ-बाप कैसे हैं।"

"इतने दिनों में किसी के भी सोच का पता चल जाता है माँ। सब बहुत अच्छे हैं।"

राधिका के पापा ने हाँ कर दी - "भई लड़का मुझे भी पसंद है।"

राधिका ने आश्चर्य से पुछा–"मतलब आप इस शादी के लिए राजी हैं।"

पापा ने हाँ में सर हिलाते हुए कहा–"हाँ, मैं राजी हूँ।"

राधिका खुशी से उछलकर पापा के गले लगते हुए बोली–"Thank You पापा"

राधिका की माँ लेकिन अभी तक अड़ी थी–"लेकिन मैने अभी तक हाँ नही कहा।"

राधिका ने मजाक किया–"ठीक है, मनोहर से कह दुँगी। वह तुम्हारे लिए गाँव से ताजी-ताजी सब्जियाँ ले आयेगा जिसके लिए तुम हमेशा सब्जीवाले से लड़ती रहती हो।"

माँ ने भी उसी लहजे में जवाब दिया–"मेरा मजाक उड़ा रही है, देखती हूँ मेरी मर्जी के बगैर कैसे होती है मनोहर से तेरी शादी।"

"देखो इस घर में कुल चार लोग हैं। आप दोनों, मैं और भैया। भैया को मैने पहले ही मना लिया है। पापा भी अब तैयार हो गये हैं। इसलिए अब बहुमत मेरे पास है।"

"फिर भी देखती हूँ मेरी मर्जी के बगैर कैसे होती है तेरी शादी।"

"अच्छा ठीक है, पापा से कहकर तुम्हे सोने का एक हार दिलवा दुँगी।"

"साथ में सोने की चुड़ियाँ भी चाहिए, तभी हाँ कहुँगी।"

राधिका ने खुश होते हुए कहा–"Thank You, हाँ कहने के लिए।"

राधिका के पापा ने तुरंत स्पष्ट किया–"मै नही देने वाला ये सब। शादी राधिका की होने वाली है या तुम्हारी।"

"मै तो मजाक कर रही थी, मुझे नही चाहिए ये सब। बस राधिका खुश रहे, और मुझे क्या चाहिए।"

राधिका ने माँ को तसल्ली दी–"चिंता मत करो माँ, मैं भैया से कहकर तुम्हे सोने का हार और चुड़ियाँ दिलवा दुँगी।"

पापा ने कहा–"तो तुमने सारी गोटियाँ सेट कर रखीं हैं। मुझे पता नही था कि तुम इतनी स्मार्ट हो। जाओ उस मनोहर को भी खुशखबरी दे दो। और कहना एक बार अपने माँ-बाप से तो मिलवाये ताकि शादी की सारी बातें तय कर सकें।"

उसी दिन फिर से मनोहर और राधिका उसी संजय गांधी जैविक उद्यान में मिले जहाँ वे स्कूल पास करने के बाद मिले थे। अब मन में शांति थी, सब कुछ मनमुताबिक हो गया था। मनोहर ने जैसे इत्मिनान होते हुए कहा–"चलो सब ठीक हो गया, तुम्हारे पापा भी मान गये।"

"हाँ, मगर तुम पापा से पहले कब मिले थे?"

"पिछले साल जब मै मुम्बई से आ रहा था तब तुम्हारे पापा से मुलाकात हुई थी। उन्होंने ही मुझे सुझाव दिया कि बिचौलियों को कैसे हटाया जा सकता है।"

राधिका ने चौंककर पुछा–"कौन बिचौलिये।"

"हमारे यहाँ से अनाज ले जाकर अंतिम उपभोक्ता तक पहुँचाने वाले बिचौलिये।"

"उफ्फ! तुम घुम फिरकर वही पहुँच जाते हो। तुम्हे और कुछ अच्छा नही लगता।"

"क्या करुँ, ऐसा ही हूँ मैं। एक बार जिसे अपना लेता हूँ उसे छोड़ता नहीं।"

"अपने दिल की बात बता रहे हो या लाईन मार रहे हो?"

"जो भी समझ लो। वैसे अब तो तुम मेरी हो ही, इसलिए तुम्हें लाईन मारने की मुझे क्या जरुरत है।"

"तुम फिर भुल रहे हो, हमारी शादी अभी हुई नही है।"

मनोहर ने बात बदल दी–"वैसे मैने सबकुछ प्लान कर लिया है। अगर मै इसमें सफल हो गया तो सारे किसान खुशहाल हो जायेंगें।"

राधिका ने भी मनोहर की बात में दिलचस्पी ली–"अच्छा, ऐसी क्या प्लानिंग है।"

"सुनोगी?"

"सुनाओ। मैं भी तो जानुं जो काम आज तक कोई न कर सका वो तुम कैसे करोगे?"

"तो सुनो। यह तो तुम भी जानती हो कि जो चावल किसानों से 15-16 रुपये खरीदा जाता है वही शहर में 45-50 रुपये किलो बिकता है। अब अगर मै चाहुँ कि 45-50 रुपये में से अधिक से अधिक हिस्सा किसानों को मिले तो बिचौलियों को हटाकर अनाज सीधे किसानों से खरीदकर अंतिम उपभोक्ता को बेचना होगा। यह काम आज की स्थिती में सरकार के अलावा कोई और कर नही सकता।"

"तो क्या तुम पॉलिटिक्स में जाओगे?"

"अरे नहीं। मेरी पूरी बात तो सुनो। अब अगर सरकार की जगह मैं ये काम करना चाहुँ तो मुझे क्या करना होगा। मुझे अनाज के खरीद-बिक्री का बिजनेस करना होगा। मैं पहले एक छोटे शहर को पकड़ुँगा। वहाँ अपना एक डीपो बनाऊँगा। मेरे स्टाफ घर-घर जाकर हर व्यक्ति से कांटैक्ट करेंगें। जो भी हमारे साथ ऐग्रीमेण्ट कर लेगा उसे पूरे साल बजार-भाव से 10-15% कम दाम पर अनाज मिलेगा। फिर जितने अनाज खरीदने का ऐग्रीमेण्ट लोग कर लेंगें उतना अनाज मैं किसानों से खरीदुँगा। किसानों से अनाज उस दर पर खरीदुँगा जितना सारे खर्चे काट कर आये। इस तरह से किसानों को अनाज का उचित दाम मिल जायेगा। एक साल खत्म होने पर जब लोगों को कम दाम में अनाज मिलेगा तो उनका विश्वास बढ़ेगा। अगले साल और लोग मुझसे जुड़ेंगें। इस तरह मैं धीरे-धीरे देश के सभी लोगों को अनाज बेचुँगा और सभी किसानों को ऊँची रकम मिलने लगेगी।"

"तुमने 2 मिनट में कितनी आसानी से पूरी योजना बता दी। अगर यह इतनी ही आसान होती तो अब तक इसे लागू नही कर दिया गया होता।"

"मैने अपनी पूरी योजना शॉर्ट में बता दी। Actually योजना तो यही है पर इसे Implement करने में काफी मेहनत करनी पड़ेगी। मुझे लगता है अभी तक किसी ने दिल से किसानों की हालत सुधारने की कोशिश नही की है वरना यह बहुत मुश्किल भी नही है। अगर पेट्रोल, डीजल, LPG गैस आम लोगों तक कंट्रोल्ड तरीके से पहुँचाया जा सकता है तो अनाज क्यों नहीं।"

"सारी योजना तो बना ली पर इसे लागू करने में तथा किसानों से अनाज खरीदने में जो पैसा लगेंगें वो कहाँ से लाओगे।"

"बस यही समस्या है। इसी का अभी तक कोई उपाय नही मिला।"

राधिका ने हंसते हुए कहा-"खयाली पुलाव बनाना बंद करो। ये इतना आसान नही है। पर सोच अच्छी है। मैं भी इस बारे में सोंचुँगी।

अगर कोई उपाय मिला तो जरुर बताऊँगी। अब ये बताओ अपने मम्मी-पापा को कब ला रहे हो यहाँ, मेरे मम्मी-पापा से मिलवाने।"

"बस गाँव ही जा रहा हूँ। उनसे बात करके 2-3 दिन में उन्हें तुम्हारे मम्मी-पापा से मिलवा दुंगा।"

"याद है जब हम यहाँ पिछली बार मिले थे तो आइस्क्रीम खाकर गये थे। अब तो हमेशा के लिए साथ होने वाले हैं, चलो इसी बात पर एक बार फिर आइस्क्रीम खाते हैं। मुझे तो वही आइस्क्रीमवाला फिर से दिख रहा है जिसके पास से हमने पिछली बार आइस्क्रीम खायी थी। चलो उसी के पास से खाते हैं।"

"लगता है तुम्हें आइस्क्रीम का बहुत शौक है।"

"हाँ, मुझे आइस्क्रीम बहुत पसंद है।"

"चलो ये बहुत अच्छी बात पता चल गयी। शादी के बाद कभी किसी बात पर रुठ जाओगी तो मनाने के लिए आइस्क्रीम का ही सहारा ले लुंगा।"

राधिका ने हंसते हुये कहा-"चलो अब आइस्क्रीम खाते हैं। अब शाम भी होने वाली है। फिर वापस घर चलेंगें।"

इसके बाद दोनो ने उसी जगह से आइस्क्रीम खायी जहाँ से उन्होंने पिछली बार खायी थी जब वे बिछड़ रहे थे। फिर राधिका अपने घर चली गयी और मनोहर अपने गाँव लौट गया।

गाँव पहुंचते ही उसके पिता विष्णु ने उसका हाल-चाल लेना शुरु किया-"और बेटा क्या हाल-चाल हैं?"

"सब ठीक है पिताजी"

"मुम्बई में खाने-पीने का इंतजाम ठीक से कर रखे हो न। बाहर का ज्यादा मत खाना। जैसा-तैसा खाने से जौंडिस होता है और अगर एक बार जौंडिस हो गया पेट पूरा जीवन परेशान करता है।"

“नही पिताजी, मैने सब बढ़िया इंतजाम कर रखा है। घर में ही एक खाना बनाने वाली आती है।”

तभी मनोहर की माँ शकुंतला आ गयी–“अब इसकी शादी कर देते हैं। घर में बीवी भी आ जायेगी और खाना-पिना सब ठिक हो जायेगा।”

विष्णु ने भी सहमती जतायी–“हाँ मै भी यही कहने वाला था। अब तो सब जानने वाले मुझसे मनोहर के शादी के बारे में ही पुछते रहते हैं। जब भी गप-शप होता है किसी न किसी लड़की वाले का ही जिक्र कर देते हैं।”

“मुझसे भी कई लोग पुछ चुके हैं। मेरी मामी कह रही थी कि उनके नजर में एक सुन्दर लड़की है। लड़की पढ़ी-लिखी भी है और घरवाले भी अच्छे हैं। आप कहिये तो उनसे बात करुँ।”

“अरे पहले मनोहर से तो पुछ लो। शहर में रहता है। हो सकता है किसी लड़की को पसंद करता हो। क्यों मनोहर अगर कोई लड़की है तो बताओ।”

मनोहर ने सोंचा यही सबसे अच्छा मौका है राधिका के बारे में बात करने का–“हाँ पिताजी, मै एक लड़की से प्यार करता हूँ।”

शकुंतला को विश्वास नही हुआ। उसने आश्चर्य से पुछा–“क्या! तुने पहले ही लड़की पसंद कर ली है। मतलब तु भी दूसरे लड़कों की ही तरह निकला।”

“नही माँ, ऐसा नही है। राधिका बहुत अच्छी लड़की है। मैं उसे पिछले 5 साल से जानता हूँ जब हम साथ में स्कूल में पढ़ते थे।”

“अरे बाप रे! हम तो तुम्हे सीधा लड़का समझते थे। देख रहे हैं आप। स्कूल के समय से ये क्या-क्या कर रहा था।”

विष्णु ने शकुंतला को रोका–“अरे तुम तो पता नही क्या-क्या बोले जा रही हो। पहले पुछ तो लो, हो सकता हो लड़की वाले वाकई अच्छे

हों। क्यों बेटा कौन है राधिका और उसके घरवालों के बारे में भी तो बताओ।"

"माँ, राधिका ऐसी-वैसी लड़की नही है। मेरी ही तरह वह भी पढ़ने में बहुत तेज है। अभी कुछ दिनों में वह AIIMS में पढ़कर डॉक्टर बन जायेगी।"

विष्णु भी अचंभित थे–"क्या! वह डॉक्टर है।"

"जी पिताजी। हम +2 से साथ-साथ पढ़ते थे।"

"पर उसके घरवाले कैसे हैं? वह हमारे जात की है या नहीं?"–शकुंतला ने अपने मन के सारे सवाल एक साथ पुछ डाले।

"माँ, अब आज के जमाने में तुम कहाँ जात-पात देख रही हो। राधिका बहुत अच्छी लड़की है और उसके घरवाले भी बहुत अच्छे हैं। तुम्हारे लिए तो सबसे जरुरी बात यह है कि तुम्हारी बहु तुम्हारी और पिताजी की इज्जत करे, बड़ों से ढ़ंग से बात करे।"

"पर वह तो ज्यादा पढ़ी-लिखी है और मै हूँ अनपढ़। कही वह मुझसे ठीक से बात भी न करे तो?"

"ये सब छोड़ो। हम राधिका के यहाँ चलेंगें और तुम राधिका से बात करके जी भरके तसल्ली कर लेना।"

"अभी तो उसे तुम से शादी करनी है, वह ठीक से बात करेगी हीं। पर कल किसने देखा है।"–शकुंतला ने अपने मन का संशय रखा।

मनोहर के पिता विष्णु ने शकुंतला को पुनः रोका–"किसी के मन में क्या है ये कौन जानता है। क्या यह जरुरी है कि यदि हम अपनी पसंद से किसी और लड़की से मनोहर की शादी करते हैं तो वह हमारी इज्जत करेगी। ऐसे मामलों में कही न कही भाग्य पर ही भरोसा करना पड़ता है। और क्या पता जिसे मनोहर ने पसंद किया है वही हमारी ठीक से इज्जत करे। इसके अलावा हमें अपने बेटे और बहु से बहुत उम्मीद नही रखनी चाहिए। हम गाँव में रहे हैं, यही रहेंगें। हमें कौन सा मनोहर के साथ शहर में रहना है।"

मनोहर ने राधिका की तारीफ की–"नही ऐसी बात नही है पिताजी, राधिका वाकई बहुत अच्छी लड़की है।"

"चलो जब तुम इतनी तारीफ कर रहे हो तो मिल लेंगें उनसे। पर तुमने राधिका के माँ-बाप से बात कर रखी है या अभी बात करनी है?"

"नही पिताजी, राधिका के घरवालों से बात हो गयी।"

"मतलब वे हमें घर से धक्के मार के निकालेंगें तो नहीं।"

मनोहर ने थोड़ा अकड़ के साथ बोला–"अरे हम लड़के वाले हैं, ऐसा कैसे होगा।"

विष्णु ने हंसते हुए कहा–"अरे मैं मजाक कर रहा था। चलो भई कुछ बढ़िया खाना-वाना खिलाओ। बिना ढुंढ़े डॉक्टर बहु मिल रही है तुम्हें। अब सब रिस्तेदारों में तुम्हारा रौब रहेगा। पड़ोस की औरतें तुमसे ईर्ष्या करेंगीं।"

"हाँ और जब आपको देहाती कहके भगा देगी तब पता चलेगा।" - शकुंतला ने भी मनोहर के पिता को छेड़ा।

"हाँ पर सब जगह कहने के लिए तो होगा कि हमारी बहु डॉक्टर है। और भगा देगी तो क्या है हम अभी कौन से बेघर हैं। आगे भी खेती करके अपना गुजारा कर लेंगें।"

मनोहर ने दोनो को रोका–"आप लोग बेकार में इतना सोंच रहे हैं, ऐसा कुछ नही होगा।"

"चलो ये सब खत्म करो। हम जाकर मिल लेंगें राधिका और उसके घरवालों से। तुम ये बताओ अभी तक दिनेश से मुलाकात हुई या नहीं। तुमने उसे एक लाख उधारी दी थी, ये याद भी है कि भुल गये।"

"याद है पिताजी। कल दिनेश भैया मिले भी थे पर इस बारे में कुछ बोला नहीं। बस इधर-उधर की बातें करते रहे।"

शकुंतला ने मनोहर को जैसे डांटते हुए कहा–"अब वो इस बारे में क्यों बात करेगा? मुझे तो शुरु से पता था कि उसकी नीयत लौटाने की नही थी। तुम्हे सीधे-सीधे मांग लेना चाहिए था।"

मनोहर ने संकुचाते हुए कहा–"मुझे पैसा वापस मांगना ठीक नही लगा।"

शकुंतला ने दिनेश की असलियत बतायी–"लेकिन उसकी कमाई तो अच्छी हो रही है। पिछले महीने ही उसने कुछ और जमीन भी खरीदी है। अगर उसका मन साफ होता तो उसे पहले पैसे लौटाना चाहिए था।"

मनोहर ने चौंकते हुए कहा–"क्या! उन्होंने पीछले महीने जमीन खरीदी है!"

विष्णु ने भी इसे सही ठहराया–"हाँ, जमीन खरीदी तो है।"

मनोहर ने थोड़ा अफसोस और नाराजगी के साथ कहा–"तब तो यह गलत बात है। उन्हे पहले मेरा पैसा लौटाना चाहिए था।"

"चलो कोई बात नहीं। अभी तो हो न यहाँ। अबकी बार जब मिलना तो इस बारे में बात जरुर करना।"

अगले दिन जब मनोहर खेतों में टहलने गया तो एक खेत में दिनेश काम करते दिख गये। मनोहर ने सोचा कि उनसे चल कर बात किया जाये। पर इससे पहले कि मनोहर दिनेश तक पहुंच पाता, दिनेश दूसरी जगह चला गया। शायद उसने मनोहर को अपनी तरफ आता देख लिया था। उसे लगा कि कही मनोहर उससे अपने पैसे वापस न मांगे, इसलिए वह वहां से चला गया। मनोहर को यह ठीक नही लगा। ऐसा हो नही सकता था कि दिनेश भैया ने उसे अपनी तरफ आते नही देखा हो और इसके बावजुद वह उसे अनदेखा करके चले गये। जीवन का उसका यह नया अनुभव था। अब उसके मन में एक हल्का सा सवाल उठ रहा था कि कहीं उसने दिनेश भैया को पैसे उधारी देकर गलत तो नही किया।

अब उसके मन में एक जिद सी होने लगी कि इस बार वह गाँव से वापस जाने से पहले दिनेश भैया से बात जरुर करेगा चाहे उनके घर में ही जाकर बात क्यों न करना पड़े। अगर दिनेश ने उसे अनदेखा न किया होता तो शायद उसके मन में इस तरह की भावना न आती। पर अब दिनेश भैया को उधारी देने के अपने फैसले पर उसे हल्का अफसोस हो रहा था।

अगले दिन जब मनोहर खेतों में घुमने निकला तो फिर दिनेश भैया दिख गये। पर इस बार वे अकेले नही थे। गाँव के ही 3-4 लोग और साथ में थे। सभी एक जगह बैठ कर गप्पें मार रहे थे। इस बार दिनेश भैया भाग नही सकते थे। मनोहर उन लोगों के पास पहुंच गया और उन सब के साथ बैठ गया। दूसरे लोग भी उसके गाँव के ही थे जिन्हें वह जानता था। पर औरों के सामने उधारी वापस मांगना मनोहर को ठीक नही लगा। उसके संस्कार ऐसे नही थे। पर मन में बेचैनी थी जो संस्करों को किनारे कर अपने सवाल का जवाब जानना चाहती थी। पर फिर भी मनोहर ऐसा नही कर सका। उसने सोंचा कि उसे अभी कौन सा पैसे की कमी हो रही है। पर फिर उसने सोंचा कि क्यों न नई खेत खरीदने वाली बात की जांच कर ली जाये। वैसे उसे अपने माँ-पिता के बात पर जरा भी शक नही था, पर फिर भी उसने सोंचा कि एक बार दिनेश भैया से भी तो पुछना चाहिए। आखिर वे उसका जवाब कैसे देते हैं।

मनोहर ने दिनेश भैया से बात-चीत शुरु किया–"और दिनेश भैया खेती कैसी चल रही है?"

दिनेश ने नकली मायुसी बनाते हुए बोला–"कैसी चलेगी, बस घिस-पीट के जिंदगी गुजर रही है। तुम्हारी तरह हम थोड़े ही आराम से रहते हैं।"

बगल में ही एक कौशल चाचा बैठे थे। वह बोल पड़े–"अरे आराम से क्यों नही रहेगा। इसने मेहनत भी तो की है। IIT से इंजीनीयर बनना कोई आसान थोड़े ही है।"

मनोहर ने मुस्कराते हुए कौशल चाचा को जवाब दिया–"ऐसी बात नही है चाचा। सब जगह की अपनी परेशानी है। आपको लगता है कि पैसा होने से ही सबकुछ ठीक हो जाता है। पर मुम्बई में पैसा होते हुए भी हम आराम से नही रह पाते। आपको यहां शुद्ध हवा, पानी अनाज मिल रहा है। पर वहां मुम्बई में सब कुछ में मिलावट है।"

कौशल चाचा जोर से हंसते हुए बोले–"चलो किसी बात में तो हमसे कमी है।"

मनोहर ने अपने मन का सवाल दिनेश भैया से पुछ लिया–"और भैया मैने सुना कि आपने एक नई जमीन खरीदी है।"

दिनेश को उम्मीद नही थी कि सबके सामने मनोहर इस बारे में बात करेगा। पर अब वह सच छुपा नही सकता था–"हाँ मनोहर एक जमीन खरीदी तो है। जितेन्द्र चाचा को पैसे की जरुरत थी सो वह अपनी आधा बिघा जमीन बेच रहे थे। जमीन तो दिनों-दिन महंगी ही होती जा रही है। सो मैने खरीद ली।"

तभी बगल में बैठे नीरज भैया बोल पड़े–"हां खरीदोगे क्यों नहीं। ट्रैक्टर से इतनी अच्छी कमाई जो हो रही है। अपना तो खेत जोतते ही हो, साथ में दूसरे का खेत जोतकर किराया भी कमाते हो।"

दिनेश को नीरज के द्वारा कही गयी यह बात अच्छी नही लगी। वह यह नही जाहीर होने देना चाहता था कि पैसा रहते हुए भी उसने मनोहर को उधारी नही लौटायी। पर मनोहर को बुरा लगा। दिनेश भैया के पास पैसा था, पर फिर भी उन्होंने उसका पैसा नही लौटाया। एक बार तो मन में आया कि सब के सामने ही पुछ ले और सबको उनकी सच्चाई बता दे। पर वह ऐसा कर न सका। कुछ था जिसने उसे ऐसा नही करने दिया। पर उसने सोंचा कि आज वह अपने पैसे की बात जरुर करेगा। उसे तो गाँव में कोई काम है नहीं। अभी नही तो थोड़ी देर बाद ही सही, बाकी लोग जायेंगे ही और दिनेश भैया अकेले हो ही जायेगें। उसने मन में ठान ली कि वह आराम से बैठा रहेगा। थोड़ी देर इधर-उधर की बातें

करने के बाद आखिर सब लोग जाने लगे। मनोहर मन ही मन प्रसन्न हुआ।

नीरज भैया ने उठते हुए कहा–"चलो मै चलता हुँ। आपलोग बैठो। मुझे खेतों में पानी देनी है।"

कौशल चाचा भी साथ में उठ खड़े हुए–"अरे मै भी चलता हुँ, बहुत हो गया गप-सप"

दिनेश ने सोंचा कि उन सब के साथ वह भी खिसक ले–"अरे मुझे यहाँ क्या करना है, मैं भी चलता हूँ।"

कौशल चाचा ने उसे टोका–"लेकिन तुझे तो खेतों में खाद डालना था। तुने खाद लाकर भी रखी है। उसे क्या वापस ले जायेगा।"

मनोहर समझ गया कि दिनेश भैया उससे दुर भागना चाह रहे हैं और नही चाह रहे कि उन्हें मनोहर को अकेले में सामना करना पड़े। लेकिन अब उनके पास कोई उपाय नही बचा था। अब उन्हें रुकना ही था और अकेले में मनोहर को सामना करना ही था। अब मनोहर पता नही क्या-क्या पुछेगा। उसे सबकुछ पता जो चल चुका है। थोड़ी ही देर में बाकी सब चले गये और वहाँ सिर्फ मनोहर और दिनेश भैया रह गये।

अब मनोहर स्वतंत्र था अपने मन के सारे सवाल पुछने के लिए। पर फिर उसने सोंचा कि ऐसे आदमी से क्या बात करनी। उसे यह बात तो पता चल ही चुकी है कि दिनेश भैया ने पैसा रहते हुए उसे पैसा नही लौटाया। चुँकि अच्छी कमाई और नई खेत खरीदने वाली बात नीरज ने सबके सामने कही थी, इसलिए मनोहर ने सोंचा दिनेश भैया भी जान ही चुके होंगे कि यह बात अब मनोहर को पता चल चुका है कि उन्होंने पैसा रहते हुए पहले उधारी लौटाने की बजाय पैसा दूसरे काम में लगा दिया। यह बात अलग से पुछने से क्या फायदा। दिनेश भैया के चेहरे को देखने से यह साफ पता चल रहा था कि वे मनोहर के सामने नही रुकना चाह रहे थे। मनोहर को देखने की बजाय उनकी नजरें इधर-उधर घुम रही थी। साफ था कि वे बिल्कुल भी सहज नही थे।

अब या तो उनसे स्पष्ट पुछ कर उन्हें बेईमान साबित कर दिया जाये या उनके बड़े होने का इज्जत रखा जाये। वैसे उनके हाव-भाव ने बता दिया था कि वे अपने-आप को बेईमान मान चुके हैं। इसलिए मनोहर ने और सवाल पुछने से अपने आप को रोक लिया। वह वहाँ चुप-चाप बैठा रहा। थोड़ी देर में दिनेश भैया भी वहाँ से खिसक गये।

मनोहर ने तय किया कि अब वह दिनेश भैया से जीवन में कभी भी बात नही करेगा। उसने भले ही अपने उधारी के लौटाने के बारे में न पुछा हो, पर दिनेश भैया भी क्या भूल गये कि उन्होंने ट्रैक्टर खरीदने के लिए उससे एक लाख रुपये उधारी लिया था। उन्हें तो कम से कम कुछ बोलना चाहिये था। झुठा ही सही, कोई बहाना बना लेते। पर उन्होंने तो मनोहर से कोई बात भी नही किया। अब आगे कोई मदद मांगेगा, तो उधारी देने से पहले एक बार सोंचना होगा। पर पैसा रहते हुए, किसी को ना भी कैसे कहा जाय। आज मनोहर का मन काफी उदास था। यही सब सोचते हुए थोड़ी देर बाद मनोहर भी वहाँ से चला गया।

मनोहर घर पहुँचा। वह काफी उदास था। आज उसे जीवन की नयी सीख मिल गयी थी। माँ और पिताजी घर में ही थे। वे मनोहर को देखते ही समझ गये कि वह किसी बात पर उदास है। मनोहर के पिता विष्णु ने पुछा-"क्या हुआ मनोहर, बहुत उदास दिख रहे हो।"

मनोहर 2 पल चुप रहकर बोला-"आज दिनेश भैया मिले थे।"

शकुंतला ने उत्सुक्ता के साथ पुछा-"तो तुमने बात की अपने पैसे की।"

"नहीं"

शकुंतला ने भौंहें शिकोड़ते हुए पुछा-"नहीं! क्यों।"

मनोहर ने गुस्से से कहा-"क्या बात करता। मैं कितनी देर उनके सामने बैठा रहा, उन्होंने एक बार भी इस बारे में कुछ बोला ही नहीं।"

"तुम्हें तो अपना पैसा मांगना चाहिये था।"

"उससे क्या हो जाता। अगर उन्हें मेरा उधारी लौटाना ही होता तो वे लौटा नही देते। मैं अगर पुछ भी लेता तो वे फिर कोई बात या बहाना बना लेते।"

"तो क्या अपना एक लाख रुपया छोड़ दोगे। मै उसके घर में बात करुंगी।"

विष्णु ने हमेशा की तरह फिर से शकुंतला को रोका–"कोई जरुरत नही है दिनेश के घरवालों से बात करने की। उपर वाले कि कृपा से आज हमें कोई कमी नही है। अगर दिनेश एक लाख रुपये रखकर खुश है तो उसे खुश रहने दो। तुम दोनो भी भुल जाओ उस पैसे को। भगवान ने इतना कुछ दिया है। एक लाख रुपये से हम कोई कंगाल नही हो जायेंगे।"

शकुंतला ने नाराजगी भरे लबजों में कहा–"जैसा आपलोग ठीक समझिये। पर मेरे हिसाब से घरवालों से एकबार बात करनी चाहिए थी।"

विष्णु ने शकुंतला को समझाया–"सबको सबकुछ पता है फिर भी अनजान बन रहा है दिनेश। ऐसे लोगों से क्या बात करनी। मैं अच्छी तरह से जानता हूँ ऐसे लोगों को। कई बार बोलने पर वे कुछ वापस कर देंगें। हो सकता है साठ- सत्तर हाजार वापस कर दें और कहेंगें बस इतना ही बचा है। आज के बाद कम से कम वे हमसे फिर उधारी मांगने तो नही आयेंगें। और तुम भी मनोहर आगे से किसी को उधारी सोंच-समझ कर दो। ऐसा नही कि जो मांगने आया उसे दे दिया। हमारे पास कोई कुबेर का खजाना नही है।"

इसके बाद थोड़ी देर तोनों चुप हो गये। जैसे पता नही क्या हो गया। मनोहर की माँ भी सोंचने लगी कि एक लाख से ज्यादा जरुरी घर में शांति है। मनोहर के पिताजी ठीक ही तो कह रहें हैं। उसे अब अपने कहे पर अफसोस हो रहा था कि वह अपने बेटे को एक तरह से भड़का रही थी। कुछ देर बाद मनोहर के पिताजी ने जैसे दोनों को

जगाया–"अरे क्या हो गया, तुम लोग तो ऐसे खामोश हो गये जैसे सब कुछ लुट गया।"

शकुंतला ने अब मुस्कुराते हुए कहा–"नहीं-नहीं, ऐसा कुछ नही है।"

"तैयारी करो, हमें अपनी होनेवाले डाक्टर बहु को भी तो देखने जाना है।"

"आपको तो लगता है कुछ ज्यादा ही जल्दी है अपनी होने वाली बहु को देखने की।"

"होगी क्यों नहीं, मनोहर की शादी होगी, फिर घर में पोता–पोती आयेंगे। घर थोड़ा सुना–सुना लगता है। उसके बाद घर में रौनक आ जायेगी।"

"हाँ ये तो आपने ठीक कहा। मुझे भी बड़ी इच्छा होती है कि जल्दी से पोता–पोती खिलाऊं।"

मनोहर अपने मां पिताजी को बातें करते देखता रहा और थोड़ा शरमाता भी रहा। वह दिनेश को उधारी देने वाली बात भुल गया। इसके बाद मनोहर के माँ–पिताजी राधिका और उसके घरवालों से मिले। मनोहर की माँ को राधिका बहुत पसंद आयी और उसके मन का सारा भ्रम जाता रहा। इसके बाद राधिका और मनोहर की धूमधाम से शादी हो गयी। जो कभी स्कूल में दोस्त थे आज वे जीवनसाथी बन गये थे। अगर कुछ भी आसानी से तथा जल्दी से मिल जाये तो उसके मिलने की खुशी उतनी नही होती जितनी वह मुश्किल तथा थोड़ा इंतजार के बाद मिलने पर होती है। दोनो लगभग 5–6 वर्षों तक एक दूसरे के संपर्क में रहे, बातें होतीं रहीं। प्यार का इजहार भी काफी समय बाद हुआ। आज उनकी शादी हुई। इसके बाद वे हनीमुन पर शिमला गये। ये पल शायद मनोहर के जीवन की सबसे खुबसूरत पलों में से एक थी। एक तरफ प्रकृति की खुबसूरत वादियाँ थीं तो दूसरी ओर राधिका जैसी सुंदर तथा समझदार जीवनसाथी का साथ मिल गया था। आज राधिका

उसकी थी। आज उसे लग रहा था जैसे उसे जीवन में सब कुछ मिल गया था।

अगर सही काम सही समय पर किया जाये तो उसका फल भी अच्छा होता है अन्यथा वही कहावत लागू होती है “अब पछताये होत क्या जब चीड़िया चूग गयी खेत”। जब पढ़ाई में मेहनत करने का समय था तब दोनों ने जम कर और दिल लगाकर मेहनत किया। उस मेहनत का आनन्द वे आज ले रहे थे। कई लोग ऐसे होते हैं जो स्कूल तथा कॉलेज के समय में अपना समय केवल इधर-उधर व्यर्थ में बर्बाद करते हैं और बाद में माँ-बाप, समाज तथा सरकार को दोषी ठहराते हैं कि उन्हें अच्छा जॉब नही मिला। मनोहर के हेडमास्टर साहब ने कहा था कि कोई भी काम जिसे अधिकतर लोग कर सकते हैं उस काम को करने के अधिक पैसे नही मिलते। एक गाँव मे रहने वाला मनोहर आज इतनी अच्छी जीवन व्यतीत कर रहा था क्योंकि उसने हेडमास्टर साहब के इस बात को समझ लिया था। अब वह अपने जीवन के एक अध्याय को खत्म कर दूसरे दौर में प्रवेश कर चुका था, गृहस्थ जीवन में।

MBBS की पढ़ाई पूरी करके राधिका भी मुम्बई ही आ गयी और वहीं से उसने और आगे की पढ़ाई पूरी की। इसके बाद मुम्बई में ही एक हॉस्पिटल में नौकरी करने लगी।

लेकिन इतना कुछ हासिल करने के बाद भी मनोहर को हमेशा यही लगता था कि कहीं कुछ छुट रहा हैं। और यह था उसके बचपन का सपना। वह कभी नही भुला कि उसके बचपन का मित्र संतोष केवल इसलिए मर गया था कि उसके माँ-बाप के पास उसके इलाज के लिए पैसे नही थे। पैसे क्यों नही थे, यह भी मनोहर जानता था और वह था किसानों का हक बिचौलियों के द्वारा मारा जाना। मनोहर के पास बिचौलियों को हटाने का उपाय था पर उसके पास इतनी पूँजी नही थी कि वह इसे लागू कर सके। इसलिए उसने कई बार मंत्रियों तथा नेताओं

को चिट्ठी लिखी तथा अपने आईडिया से अवगत कराना चाहा। पर कोई जवाब नही आया। उसने काफी मशक्कत के बाद 1-2 मंत्रियों से Appointment लेकर मुलाकात कर इस बारे में बात करने की कोशिश भी की पर सब ने उसका मजाक ही उड़ाया। अब तक मनोहर यह समझ गया कि देश के ये मंत्री कुछ नही करने वाले। उसे लगने लगा कि उसका सपना एक सपना ही बनकर रह जायेगा। वह राधिका से भी इस बारे में बात करता।

राधिका हमेशा मनोहर को हिम्मत बढ़ाती कि चिंता न करो, कोई न कोई हल जरुर निकलेगा। फिर एक दिन राधिका ने News Paper में एक समाचार देखा और मनोहर को बताया–"मनोहर देखो आज क्या न्यूज छपा है।"

मनोहर ने उत्सुक्ता के साथ पूछा–"क्या छपा है?"

"मुम्बई के एक बड़े उद्योगपति ने 10 किलो सोना मंदिर में दान किया।"

"10 किलो सोना!"

"हाँ, 10 किलो सोना।"

"10 किलो सोना तो लगभग 2½ से 3 करोड़ रुपये के बराबर हो जायेगा। अगर इतनी रकम कोई मुझे दे दे तो मै अपनी योजना की शुरुआत कर सकता हूँ। लेकिन लोग मंदिर में दान दे देंगें पर नेक काम में हाँथ नही बटायेंगें।"

"इसीलिए तो मैने तुम्हे बताया है। अभी तक तुम नेताओं तथा मत्रियों से मिले पर उन लोगों ने कोई मदद नही किया। अब तुम इन उद्योगपतियों से मिलो। कोई न कोई तुम्हारा साथ जरुर देगा।"

"हाँ ये तुमने अच्छा सुझाव दिया। सरकार न सही, अगर कोई Businessman ही हमारा साथ देने को तैयार हो जाये तब भी काम हो जायेगा।"

"लेकिन कोई भी Businessman यूँ ही राजी नही होगा। तुम एक काम करो, जब भी किसी Businessman से मिलना और उसे अपना आईडिया देना तब उसे यह भी कहना कि जो भी ट्रस्ट या सोसाईटी बनेगी उसका नाम वे अपनी इच्छानुसार रख सकते हैं। मुम्बई में कई Businessman अरबपती हैं। हो सकता है कोई नाम के लालच में तुम्हारा साथ देने को तैयार हो जाये"–राधिका ने मनोहर को सुझाव दिया।

मनोहर ने खुश होते हुए कहा–"वाह, क्या Brilliant Idea है। कहाँ से आते हैं तुम्हारे पास इतने Supers Ideas।"

"मै लोगों के मनोस्थिती को समझती हूँ कि वे क्या चाहते हैं।"

"तभी तुमने मुझे निशा बनकर मेल किया था।"

"वो तो शुक्र करो कि मैने पहल की वरना रह जाते जीवन भर कुँवारे।"

"क्यों, भगवान ने मेरे लिए तो तुम्हे बनाया है। अगर मै कुँवारा रह जाता तो तुम भी तो कुँवारी रह जाती।"

"नहीं, मै AIIMS से पढ़कर डॉक्टर बनी हूँ और सुन्दर भी हूँ। कई लड़के मुझपर लट्टू थे। बस हाँ कहने की देर थी।"

"वैसे मैं भी IIT से Engineer बना हूँ"

"तो क्या हुआ। इंजीनियर की आजकल कोई कमी थोड़े ही न है।"

"ठीक है भई, मेरी खुशकिस्मती की तुम मुझे मिली।"

"That's Good। अब तैयार होकर ऑफिस जाओ वरना बॉस डांटेगा।"

"अरे हाँ, तुम से बात करने के चक्कर में मै लेट हो जाऊँगा।"

इसके बाद मनोहर उस Businessman से मिला। उसका नाम था विशाल नारायन। उम्र 40-42 साल के करीब होगी। कॉटन एक्सपोर्ट का उसका बिजनेस था जो करोड़ों में था। फर्म का नाम उसने अपने नाम

पर विशाल कॉटन एक्स्पोर्टस ईंटरप्राईजेज रखा था जिसे शार्ट में लोग विशाल कॉटन के नाम से जानते थे। विशाल कॉटन के मालिक के रुप में उसकी पहचान थी। अंधेरी में शानदार ऑफिस था। दो दिन तक तो मनोहर को विशाल से मिलने के लिए Appointment ही नही मिला क्योंकि मनोहर किसी बिजनेस के लिए मिलने नही आया था। तीसरे दिन विशाल ने मनोहर को मिलने के लिए बुलाया–"आप दो दिन से मुझसे मिलना चाह रहे हैं, पर आपके मिलने का उद्देश्य मैं समझ नही पा रहा हूँ।"

मनोहर ने अपनी बात रखी–"मेरे पास एक बिजनेस का प्लान है जिसमें बिजनेस तो कम है पर इससे किसानों को काफी फायदा होगा।"

"देखो भई मैं सिर्फ अपने फायदे के लिए काम करता हूँ। अगर तुम्हारे बिजनेस प्लान में मेरा फायदा है तो बात करो नही तो अपना और मेरा समय खराब करने से कोई फायदा नही है।"

"आपका फायदा है, पर नाम का। इस बिजनेस से आपका बहुत नाम होगा तथा लोगों में आप फेमस हो जायेंगें।"

"देखो मैने पहले ही कहा है कि मुझे सिर्फ मोनेटरी फायदे से मतलब है।"

मनोहर ने अब मायूसी से कहा–"तब तो मै वास्तव में आपका समय खराब कर रहा हूँ। सॉरी और समय देने के लिए धन्यवाद।"

इसके बाद मनोहर जाने लगा। पर इससे पहले कि मनोहर कमरे से बाहर निकल पाता, विशाल ने उसे रोका–"रुको, अभी वैसे मुझे कोई खाश काम नही है। चलो बताओ, क्या है तुम्हारा बिजनेस प्लान। हो सकता है मुझे पसंद आ जाये।"

मनोहर रुक गया और वापस कुर्सी पर बैठ गया। फिर मनोहर ने विशाल को अपनी पूरी योजना बतायी। विशाल सारी बातें ध्यान से सुनता रहा। जब मनोहर ने अपनी पूरी योजना बता दी, तब विशाल थोड़ी देर तक सोंचता रहा। फिर उसने मनोहर से कहा–"तुम ऐसा करो मुझसे दो

दिन बाद मिलो। वैसे तो तुम्हारे बिजनेस प्लान में मेरा कोई मोनेटरी फायदा नही है पर मै सोंचता हूँ इसे करुं क्योंकि इससे मुझे कोई फायदा भले ही न हो पर किसानों को वास्तव में काफी लाभ हो सकता है। तुम दो दिन बाद मुझसे मिलो। मैं सोंचकर बताता हूँ।"

मनोहर के मन में थोड़ी उम्मीद जागी। उसे लगा कि विशाल किसानों के लिए अपना पैसा लगाने को तैयार हो जायेगा। पर शायद विशाल के मन में कुछ और ही था। मनोहर के जाते ही उसने अपने बिजनेस पार्टनर सामंत को बुलाया। सामंत थोड़ी देर में ही आ गया–"क्या हो गया विशाल भाई जो तुमने इतनी जल्दी में मुझे बुलाया।"

"आओ तुम्हे एक मजेदार बात बताता हूँ। अभी एक लड़का आया था, एक चैरिटेबल बिजनेस का प्लान लेकर जिसमें हम बिना कोई मार्जिन कमाये लोगों के लिए काम करेंगें।"–विशाल ने मनोहर के बारे में बताया।

सामंत जोर से हंसते हुए बोला–"तो क्या तुमने मुझे यही जोक सुनाने के लिए बुलाया है।"

"नहीं, यह जोक नही है। मेरे दिमाग में एक जबर्दस्त प्लान है। पहले तुम उस लड़के का पूरा प्लान सुनो।"

फिर विशाल ने मनोहर का पूरा प्लान बताया। प्लान सुनकर सामंत बोला–"ये सब मुझे क्यों सुना रहे हो। क्या तुम्हे लोगों का समाजसेवा करना है।"

विशाल झुंझलाते हुए कहा–"तुम कुछ समझते नही हो यार। हम उस लड़के के बिजनेस प्लान से जबर्दस्त कमा सकते हैं।"

"वो कैसे?"

"सुनो, वो लड़का हमारे लिए पूरा बिजनेस सेट कर देगा। वो समझेगा कि हम समाजसेवा के लिए अपना पैसा लगा रहे हैं। जब

बिजनेस चल पड़ेगी, हमारा कस्टमर बेस बढ़ जायेगा तथा लोग घर बैठे अनाज मंगाने लगेंगें, तब हम अनाज की कीमत बढ़ाकर अपना मार्जिन बढ़ा देंगे। अगर उस लड़के ने चु-चापर की, तो हम उसे निकाल देंगे। हम इस बात का शुरु से खयाल रखेंगें कि बिजनेस का कंट्रोल हमारे हांथों में रहे।"

"वाह यार, ये तो मुझे सुझा नहीं। वेरी गुड प्लान।"

"इसी बात पर थोड़ी मस्ती हो जाय। चलो वियर शॉप में चलते हैं।"

"तुमने मन की बात कह डाली। चलो चलते हैं।"

इधर मनोहर खुश हो रहा था क्योंकि उसे उम्मीद बनी थी कि उसका सपना पूरा हो जायेगा। वह जल्दी से घर पहुंच जाना चाहता था और राधिका को सारी बातें बता देना चाहता था। वह जैसे ही घर पहुंचा, उसने देखा एक दम्पत्ति उसके घर में आये हुए हैं। राधिका ने सबसे मनोहर का परिचय कराया–"ये मेरे कॉलेज की फ्रेण्ड है, नेहा। हम एम्स में साथ में ही थे। और ये हैं इसके हसबेण्ड, राकेश जोशी। ये एक प्रोफेसर हैं। आज जब हॉस्पिटल से घर लौट रही थी तभी इन लोगों से मेरी मुलाकात हो गयी और इन्हें सीधा यहां ले आयी।"

मनोहर ने दोनों का अभिनन्दन किया।

राकेश ने मनोहर को घुरते हुए कहा–"मुझे लगता मैने आपको पहले कही देखा है, पर याद नही आ रहा।" थोड़ी देर तक याद करने की कोशिश करने के बाद उसने कहा–"आपने तो मुम्बई से ही इंजीनियरींग की है ना।"

"हाँ"

राकेश ने जोर से कहा–"हाँ याद आया, आपको मैने 4-5 साल पहले एक मॉल में देखा था जहां एक लड़की को आपने छेड़ा था और वह आपको थप्पड़ मार रही थी।"

राकेश ने इस गंभीरता से यह बात कही कि थोड़ी देर के लिए सब चुप हो गये। मनोहर सकपका गया। राकेश ये क्या बोल रहा है, उसने कब किसी लड़की को छेड़ा था। तभी नेहा ने राकेश को डांटते हुए कहा–"ऐसा भी कोई मजाक करता है। अभी पहली बार मिले हैं और आप इस तरह का मजाक कर रहे हैं।" उसने राधिका और मनोहर से कहा–"अरे आप लोग इतना मत सोंचिए, इनकी मजाक करने की तो आदत है।"

मनोहर जैसे एकदम से सन्न सा रह गया मानो उसे बिजली का झटका लगा हो। बात थी भी ऐसी। वह राकेश को देखते हुए सोफे पर जाकर बैठ गया। राधिका भी चुप थी। कमरे में थोड़ी देर तक एकदम सन्नाटा छाया रहा। तभी राकेश बोला–"अरे आपलोग तो ऐसे खामोश हो गये हैं जैसे मैने सच कहा हो। नेहा ने बताया तो, मैं मजाक कर रहा था।"

सब फिर भी चुप थे। मनोहर से ऐसा मजाक पहले किसी ने नही किया था।

राकेश ने सन्नाटा तोड़ते हुए कहा–"देखिये अगर आपलोगों को बुरा लगा हो तो I am sorry।"

सब फिर भी चुप थे।

राकेश ने फिर कहा–"आपलोग मेरे मजाक को दिल से मत लीजिए। I am really sorry।"

मनोहर ने गुस्से में बोला–"ऐसा भी कोई मजाक करता है।"

अब राकेश भी थोड़ा गम्भीर हुआ। उसे लगा कि कही मनोहर से मजाक करके उसने कोई गलती तो नही की। वह पुनः बोला–"मनोहर जी, मेरा इरादा आपका दिल दुखाने का नही था। अगर आपको बुरा लगा है तो मै फिर से आपसे माफी मांगता हूँ।"

मनोहर ने गुस्से वाले अंदाज में ही कहा–"व्हाट माफी, मुझे इस तरह का मजाक बिल्कुल पसंद नही है।"

राधिका को लगने लगा, आज मनोहर को क्या हो गया। आजतक तो उसने ऐसे कभी React नही किया है। नेहा भी परेशान होने लगी कि आज पहली बार वह इन लोगों से मिली और सबका मुड खराब हो रहा है। राकेश को तो समझ में नही आ रहा था कि अब क्या करे। अब उसे लगने लगा कि उसे ऐसा मजाक नही करना चाहिए था।

राकेश मुंह लटकाते हुए बोला–"मुझे लगता है कि मुझे आपसे ऐसा मजाक नही करना चाहिए था। मै आपसे दिल से माफी मांगता हूँ। प्लीज नाराज मत होयिए।"

मनोहर पुनः गुस्से में बोला–"नो-नो, आपने बहुत खराब मजाक किया। मुझे इस तरह के लोग बिल्कुल पसंद नहीं।"

ये मनोहर ने क्या कह दिया। अप्रत्यक्ष रुप से इसका मतलब था कि राकेश और नेहा चले जायें। नेहा को अब राकेश पर बहुत गुस्सा आ रहा था। उसने घुर कर राकेश को देखा। राकेश मुंह लटकाये बिल्कुल अफसोस वाली मुद्रा में बैठा था। थोड़ी देर तक किसी ने कुछ नही कहा। अब राकेश को लगने लगा कि आज यहां और देर तक बैठना ठीक नहीं। आज उसने तय किया कि बिना किसी को ठीक से जाने वह किसी से मजाक नही करेगा। राकेश वापस जाने के लिए खड़ा हुआ– "ठीक मनोहर जी, अब हमलोग निकलते हैं। मैं आपसे फिर से माफी मांगता हूँ।"

राधिका ने उन्हें रोकने की कोशीश की–"अरे अभी-अभी तो आये हैं। चाय तो पीते जाइए। मैं अभी बनाकर लाती हूँ।"

नेहा ने उसे रोका–"आज रहने दो राधिका। अब हम निकलते हैं।"

ये कहकर नेहा और राकेश उठ खड़े हुए और जाने लगे। मनोहर अभी तक गुस्से में था और सर झुकाये था। उसका ऐसा रुप किसी ने पहले कभी नही देखा था। जब नेहा और राकेश दरवाजे तक पहुंच गये तब मनोहर बोला–"क्यों राकेश जी, कैसा लगा मेरा मजाक।"

सब फिर से आश्चर्यचकित। तो क्या मनोहर मजाक कर रहा था। राकेश की तो आंखे खुली रह गयी। आज पहली बार मजाक करने में उसे किसी ने पछाड़ा था। पहली बार उसके नहले पर किसी ने दहला मारा था। उसे विश्वास ही नही हुआ।

मनोहर ने मुस्कुराते हुए कहा–"आपको क्या लगाता है मजाक करके सिर्फ आप ही किसी को हक्का-बक्का कर सकते हैं।"

राकेश ने खुश होते हुए कहा–"तो क्या आपभी अभी तक मजाक कर रहे थे।"

मनोहर ने चुटकी लेते हुए कहा–"कैसी रही?"

राकेश ने लम्बी सांस लेते हुए कहा–"आपने तो मेरी जान ही निकाल दी थी। मुझे लगा आपको सचमुच बुरा लग गया और मुझे अफसोस होने लगा।"

"बुरा तो लगा, पर थोड़ा सा। मुझे जैसे ही पता चला कि आपने मेरे साथ मजाक किया है मैने तय किया कि इसका जवाब मजाक से ही दुंगा और मैं गम्भीर होकर उपाय सोंचने लगा। फिर आपने जैसे ही माफी की बात की मेरे मन में तुरंत आईडिया आ गया और मैने हिसाब बराबर कर दी।"

"बराबर कहां, आपने तो मुझे फेल कर दिया। अब मै निश्चिंत हुआ। लेकिन एक सबक भी मिल गयी कि बिना किसी को जाने उससे मजाक करना ठीक नहीं।"

नेहा भी खुश होते हुए मनोहर से बोली–"ये आपने बिल्कुल अच्छा किया। बहुत मजाक करने की आदत है इनकी।"

राधिका भी मनोहर को देखते हुए बोली–"मैं तो सरप्राईज्ड थी। मैने तो तुम्हारा ये रुप कभी देखा ही नही था। मुझे लगा कि आज तुम सबको नाराज करके वापस कर दोगे।"

मनोहर हंस रहा था। उसने कहा–"अब चाय पिलाओ, अब मजा अयेगा चाय पीने में।"

राकेश ने भी हाँ करते हुए कहा–"अब तो वाकई मुझे भी मजा आयेगा चाय पीने में। जल्दी चाय बनाईये भाभी जी।"

सब हंसने लगे। थोड़ी देर बाद राधिका सबके लिए चाय और बिस्कुट लेकर आयी। सब चाय पीते-पीते गप्पें करने लगे।

राकेश ने चाय पीते-पीते पूछा–"हमें आये लगभग 1 घंटे हो गया, कहाँ थे अभी तक आप मनोहर जी।"

राधिका को भी याद आया कि आज तो मनोहर विशाल कॉटन के मालिक से मिलने गया था। उसने तुरंत पुछा–"हाँ, मैं तो पुछना भुल ही गयी। आज तो तुम उस विशाल कॉटन के मालिक से मिलने गये थे। क्या हुआ, आज मुलाकात हुई या आज भी उसने टहला दिया।"

"नहीं, आज मुलाकात हो गयी। पहले तो वह सुनने को तैयार नही हुआ, पर बाद में उसे पता नही क्या हुआ, उसने मेरी पूरी प्लानिंग सुनी और परसों आने को कहा।"

"कौन सी प्लानिंग, अगर छुपाने लायक न हो तो हमें भी बताईये।"–राकेश ने उत्सुक्ता के साथ पुछा।

मनोहर ने राकेश की तरफ देखते हुए बोला–"अरे ऐसा कुछ भी छुपाने लायक नही है।" फिर उसने किसानों के लिए अनाज बेचने के लिए बिचौलिए हटाने की अपनी पूरी प्लानिंग बता दी। फिर उसने विशाल से हुई मुलाकात के बारे में भी बता दी।

राकेश थोड़ा गम्भीर होते हुए बोला–"आपकी योजना तो बहुत अच्छी है। विशाल कॉटन के बारे में तो मै कुछ नही जानता, पर कुछ भी करने से पहले एक बार ठीक से सोंच लीजिएगा। ये बिजनेसमैन सिर्फ पैसा ही देखते हैं।"

"ये आप सही कह रहे हैं। उस विशाल से भी जब मैं बात करने गया तो पहले तो उसने स्पष्ट कह दिया कि अगर इस बिजनस में

उसका व्यक्तिगत फायदा होगा तभी वह कुछ करेगा और जब उसे मैने बताया कि इसमें उसका कोई मोनेटरी फायदा नही है तो उसने मेरी योजना सुनने से भी मना कर दिया। पर बाद में उसे पता नही क्या हुआ और उसने मेरी पूरी योजना सुनी और इसके बाद परसों आने के लिए कहा।"

"इसलिए मैं कह रहा हूँ कि कुछ भी करने से पहले थोड़ा सोंच समझ लीजिएगा। ये बिजनेसमैन आगे बढ़ने के लिए कुछ भी कर सकते हैं।"

"चलिए इसके बारे में अब वह परसों क्या बताता है उसके बाद ही सोंचुंगा। राधिका ने बताया कि आप प्रोफेसर हैं, किस विषय के प्रोफेसर हैं आप राकेश साहब।"

"फिजीक्स का।"

"तब तो हमारी खुब जमेगी। मेरा भी फेवरेट सबजेक्ट फिजीक्स ही था।"

"बिल्कुल जमेगी। हमें भी हंसमुख लोग ही पसंद हैं। आप से मिलकर दिल खुश हो गया।"

इसके बाद सब काफी देर तक बातें करते रहे। सब पुरानी यादें ताजा हो गयी, खाशकर राधिका और नेहा के जिन्होंने एम्स में मेडिकल की पढ़ाई साथ-साथ की थी। फिर राकेश बोला–"वैसे जाने का मन तो नही कर रहा, पर अब काफी समय हो गया। अब चलना होगा।"

मनोहर ने भी घड़ी देखते हुए कहा–"हाँ, आप लोगों से बातें करते-करते वक्त का पता ही नही चला। आते रहिएगा।"

नेहा ने राधिका और मनोहर को निमंत्रण दिया–"आप लोग भी हमारे यहाँ आईये।"

राधिका नेहा का हांथ पकड़ते हुए बोली–"हाँ-हाँ, क्यों नहीं, बिल्कुल आयेंगें।"

इसके बाद नेहा और राकेश चले गये।

दो दिन बाद मनोहर फिर विशाल से मिलने गया। उसके मन में विशाल को लेकर काफी शंकायें थीं। पिछली बार तो विशाल उसे दो दिन तक टहलाने के बाद मिला था पर आज वह तुरंत मनोहर से मिलने को तैयार हो गया। मनोहर जब विशाल के ऑफिस में पहुंचा तो वहां विशाल के साथ-साथ उसका एक मित्र सामंत भी था।

विशाल ने बात-चीत की शुरुआत की–"मैने आपके बिजनेस प्लान के बारे में काफी विचार किया और मुझे लगता है कि आपकी योजना में दम है। अभी तक तो मैने अपने लिए काफी पैसा कमा लिया, अब समाज के लिए भी कुछ करना चाहिए। आपकी योजना से किसानों को वास्तव में काफी फायदा पहुंचेगा।"

मनोहर यही तो विशाल के मुंह से सुनना चाहता था, पर पता नही क्यों आज उसे यह सब सुनकर खुशी नही हो रही थी। जिस विशाल ने शुरु में ही स्पष्ट कर दिया था कि उसे सिर्फ अपने व्यक्तिगत फायदे से मतलब है आज वह समाजसेवा तथा किसानों के फायदे की बात कर रहा है। बात कुछ जम नही रही थी।

विशाल ने आगे कहा–"क्या सोच रहे हैं मनोहर जी, मैं आपके साथ हूँ। मै पैसा लगाने को तैयार हूँ, पर मेरी दो शर्तें रहेंगी। पहली कि इसमे मेरा मित्र सामंत भी हमारे साथ होगा। दूसरी यह कि चुँकि पैसा हमारा लगा होगा, इसलिए इस बिजनेस में 80% के मालिक हम होंगें।"

मनोहर अब भी कुछ सोच रहा था। दोनों ही शर्तें उसे हजम नही हो रही थी।

सामंत ने पुछा - "क्यों आपको हमारा ऑफर पसंद नही आया"।

मनोहर ने अधुरे मन से जवाब दिया–"नहीं, ऐसी बात नही है। पर मुझे भी कुछ सोंचने का समय चाहिए। मैं इस बारे में विचार करके आपको 3-4 दिनों में बताता हूँ"।

"जैसा आप ठीक समझें।"

फिर मनोहर वहां से चला आया। एक साथ उसके मन में कई बातें घुम रही थीं। अगर विशाल और उसका मित्र 80% का मालिक होगा तो मनोहर की इस बिजनेस में क्या अधिकार रह जायेगा। कहीं ये लोग धोखा तो नही देंगें। एक बार काम शुरु हो गया और चलने लगा तो कहीं ये लोग इस बिजनेस से मुनाफा तो नही कमाने लगेंगे। आखिर क्या बात थी कि पहले विशाल जब मिलने को भी तैयार नही था और आज वह तुरंत मिलने को तैयार हो गया। विशाल ने तो शुरु में ही स्पष्ट कहा था कि वह सिर्फ अपने व्यक्तिगत फायदे से ही मतलब रखता है तो आज उसके मन में समाज सेवा की भावना कहां से जाग गई। यही सब सोचते हुए मनोहर घर पहुंचा।

राधिका मनोहर के परेशान चेहरे को देखते हुए बोली–"क्या हुआ, बहुत परेशान लग रहे हो।"

मनोहर चुप चाप सोफे पर बैठ गया।

राधिका ने फिर पूछा–"क्या हुआ?"

"कुछ समझ में नही आ रहा"

"क्या समझ में नही आ रहा"

फिर मनोहर ने आज की पूरी घटना तथा अपने मन में उठ रहे सवाल राधिका को बता दी।

राधिका भी मनोहर के सवालों को सही ठहराते हुए बोली–"हाँ बात तो तुम सही कह रहे हो। हमें सोच-समझकर ही कुछ करना चाहिए। नही तो इन लोगों का क्या है, कल दुध से मक्खी की तरह हमें निकाल कर फेंक देंगें"

"यही डर तो मुझे भी लग रहा है। पहले हम से पूरा बिजनेस इस्टैबलिस करा लेंगें और बाद में खुद मालिक बनकर प्रॉफिट कमाने लगेंगें"

"चलो अभी तो 3-4 दिन का समय है ना, कुछ सोंचते हैं। मैं भी अपने पापा से इस बारे में बात करुँगी। तुम भी अपने पापा से बात करो, उनकी क्या सलाह है"

"अभी गरमा-गरम चाय लाओ, तब कुछ दिमाग भी काम करेगा"

"अभी लाती हूँ"

इसके बाद राधिका चाय बनाकर ले आयी और दोनो चाय पीने लगे। तभी राकेश का फोन आया।

राकेश ने जोशिले आवाज में पूछा–"और मनोहर जी क्या हाल-चाल हैं"

मनोहर ने थोड़ा धीमे आवाज में कहा–"बस सब ठीक है"

"क्या हुआ बड़े सुस्त लग रहे हैं"

"नही ऐसा कुछ नही है, आप बताईये कैसे हैं"

"आपको विशाल कॉटन के मालिक विशाल के बारे में कुछ बताना था"

मनोहर चौंका–"विशाल के बारे में! हाँ बताईये"

"आपने उस दिन अपने बिजनेस प्लान के बारे में बताया था ना जिसे आप विशाल के साथ शुरु करने जा रहे हैं। हमारे कॉलेज में एक प्रोफेसर साहब हैं, उन्होंने बताया कि विशाल ने अपना ये बिजनेस किसी सामंत और किशोर के साथ शुरु किया था। इसमें ज्यादातर पैसा सामंत और विशाल का लगा था पर पूरा बिजनेस प्लान किशोर का था। जब बिजनेस चल पड़ी तो सामंत और विशाल एक हो गये और इन दोनों ने किशोर को हटा दिया। मतलब बिजनेस इस्टैबलिस किशोर से करवाकर उसे हटा दिया और अब दोनों ऐश कर रहे हैं"

"आप सही कह रहे हैं। विशाल का एक पार्टनर सामंत है और मेरे सामने भी शर्त रखी है कि सामंत भी इस बिजनेस में पार्टनर रहेगा। साथ में बिजनेस का 80% अधिकार उन लोगों के पास रहेगा"

"देख लीजिए, ये लोग फिर से किसी और को इस्तेमाल करने के फिराक में हैं"

"आपने सही समय पर हमें बता दिया"

"ऐसा करते हैं, कल रवीवार है, साथ में रात का डिनर करते हैं और फिर वही बाकी बातें करते हैं"

"हाँ ये ठीक रहेगा। कहाँ चला जाये?"

"किसी बढ़िया रेस्टुरेंट में चलते हैं"

"ठीक है"

अगले दिन सभी लोग एक रेस्टुरेंट में बैठे। थोड़ी देर इधर-उधर की बातें करने के बाद सभी इसी मुद्दे पर आ गये।

मनोहर ने राकेश को धन्यवाद देते हुए कहा–"आपने सही समय पर हमें बता दिया। पर मैं कल से कन्फ्युजड हूँ कि क्या करुँ। मुझे तो लग रहा है कि जैसा आपने बताया है वैसा ही इस बार भी वे अपनी चाल दुहराना चाहते हैं।"

राकेश भी सोचने की मुद्रा में बोला–"बात तो सही है, क्या किया जाये?"

तभी नेहा ने अपना विचार रखा–"मेरे खयाल से जब समझ में नही आ रहा है तो आगे नही बढ़ना चाहिए"।

मनोहर ने अपने मन की दुविधा को रखा–"पर मेरे मन का एक कोना कह रहा है कि जैसा हम सोंच रहें हैं वैसा न हुआ तो। हो सकता है वे वैसा नही सोंच रहें हों"।

राधिका ने नेहा की बात का समर्थन किया–"मेरे विचार में नेहा सही कह रही है। विशाल बिजनेसमैन है। तुमने बताया था कि उसने शुरु में ही कहा था कि वह सिर्फ अपने व्यक्तिगत फायदे से मतलब रखता है। इसलिए हमें उसके साथ आगे नही बढ़ना चाहिए"।

तभी मनोहर किसी अनजान व्यक्ति को देखते हुए बोला–“अरे ये तो विशाल और उसका मित्र सामंत है, वे भी यही खाना खाने आये हैं”

चारों विशाल को देखने लगे। विशाल और सामंत एक कोने में लगे टेबल पर बैठ गये। संयोग से उनके बगल का टेबल खाली था।

थोड़ी ही देर में राकेश के मन में एक आईडिया आया और उसने मनोहर से कहा–“हो सकता है वे लोग अभी आपके के बारे में ही बातें कर रहें हों। अगर हम भी उनके बगल में बैठ जायें तो हमें उनके मन में क्या चल रहा है पता चल सकता है”।

मनोहर बोला–“पर वे लोग तो मुझे पहचान जायेंगें। और कोई जरुरी तो नही की वे मेरे बारे में बातें करें”।

राकेश ने दृढ़ होकर कहा–“पर मेरा मन कह रहा है कि वे आपके ही बारे में बातें कर रहे हैं। और अपको वे पहचानते हैं तो ऐसा कीजिए कि आप सब लोग यही बैठिये। मुझे तो वे लोग पहचानते नहीं। मै उन लोगों के बगल वाले टेबल पर जाकर बैठता हूँ। हो सकता है कुछ पता चले।”

यह कहकर राकेश वहां से उठ गया और धीरे से बाहर निकल गया। थोड़ी ही देर में वह वापस आकर विशाल और सामंत के बगल वाली टेबल पर आकर बैठ गया। उसके जाने और वापस आकर बैठने का किसी को पता नही चला। उसका अंदाजा सही था। विशाल और सामंत मनोहर के बारे में ही बातें कर रहे थे। राकेश ने तुरंत अपना मोबाईल निकाला और सबकुछ रिकार्ड करने लगा।

सामंत ने मुस्कराते हुए कहा–“यार हमारी किस्मत भी कितनी अच्छी है। पहले किशोर मिला था जिसने हमें विशाल कॉटन को यहाँ तक पहुंचाकर हमें दे दिया। अब ये मनोहर मिला है।”

विशाल उसकी बातों का समर्थन करते हुए बोला–“हाँ ये बात तो है। मुझे लग रहा है हमें एक और शानदार बिजनेस तैयार होकर मिलने

वाला है। पूरी मेहनत वो करेगा और बाद में जब बिजनेस जम जायेगा तब हम उसे निकाल देंगें"।

"पर इस बार फर्म का नाम मेरे नाम पर होना चाहिए"

"हाँ इस बार फर्म का नाम तुम्हारे ही नाम पर रखा जायेगा। ऐसा करते हैं, फर्म का नाम तुम्हारे नाम पर सामंत ब्रदर्स रख लेते हैं"।

"हाँ ये ठीक रहेगा"

"पर बाद में यदि उस लड़के ने हल्ला हंगामा करना शुरु किया तो"।

"अरे ऐसा नही होगा। थोड़े बहुत पैसा देकर चुप करा देंगें। और फिर भी नही माना तो मेरे पास कई कानुनी दावपेंच हैं"।

इसी तरह वे लोग इसी बारे में देर तक बातें करते रहे और ये सोचकर खुश होते रहे कि उन्हें मनोहर एक नया बिजनेस इस्टैबलिश करके देगा। राकेश ने उनकी पूरी बात रिकार्ड कर ली। जब वे लोग कुछ और बात करने लगे तो वह वहाँ से उठकर वापस मनोहर के पास बैठ गया।

मनोहर ने उत्सुक होकर पुछा–"क्या हुआ, कुछ पता चला"

"कुछ पता चला! अरे उनकी पूरी मनसा पता चल गयी। भाई साहब आप बच गये। आपको तो हमें होटल ताज में डिनर कराना चाहिए। ये लीजिए, उनकी पूरी वार्तालाप सुनिए"।

ये कहकर राकेश ने अपना मोबाईल मनोहर की तरफ बढ़ा दिया। रिकार्डिंग सुनकर सब के होश उड़ गये। वाकई में मनोहर किसी के चंगुल में फंसने से बच गया था। सब कुछ सुनने के बाद राधिका बोली–"राकेश जी आपको तो वाकई में हमें होटल ताज में डिनर कराना चाहिए। आपने हमें बचा लिया"।

राकेश ने हंसते हुए कहा–"अरे मैं तो मजाक कर रहा था। हाँ पर मनोहर जी आपकी योजना वाकई में अच्छी है। आप इसे Implement जरुर करीयेगा।"

तभी वेटर खाना लेकर आ गया। सभी खाना खाने लगे।

राकेश ने फिर बोलना शुरु किया–"आज हमलोग इतने बड़े बदमाश के चंगुल में फंसने से बच गये। इसी बात पर आपलोगों को एक जोक सुनाता हूँ, बहुत मजेदार जोक है। एक आदमी रेलवे में नौकरी के लिए Interview दे रहा था। रेलवे वाले ने उससे पुछा–मान लीजिए आप एक रेल पटरी के पास से जा रहे हैं और आपने देखा कि एक ही पटरी पर दोनों तरफ से ट्रेन आ रही हैं। वहां एक मोड़ है और दोनों ट्रेन के ड्राईवर एक दूसरे को नही देख सकते, पर आपको पता है कि दोनों ट्रेन एक ही पटरी पर आमने-सामने से आ रही है। आप क्या करेंगें। उस आदमी ने कहा–मै ट्रेन की तरफ चिल्लाते हुए भागुंगा और उसे ट्रेन रोकने के लिए बोलुंगा। तब रेलवे वाले ने कहा–ट्रेन की इतनी आवाज होती है, आपकी बात कौन सुनेगा। तब उस आदमी ने कहा–मै एक लाल कपड़ा हांथ में लेकर ट्रेन की तरफ दौड़ुंगा, जिसे देखकर ड्राईवर ट्रेन रोक देगा। तब रेलवे वाले ने कहा–अरे इतनी जल्दी लाल कपड़ा कहां से लाओगे। और मान लो ड्राईवर ने तुम्हारा लाल कपड़ा नही देखा तो। तब उस आदमी ने थोड़ी देर सोंचा और फिर कहा–तब तो मै एक ही काम करुंगा, मेरे गाँव में कलुआ नाम का एक आदमी रहता है, उसे बुलाऊंगा। रेलवे वाले ने पुछा–इससे क्या होगा। उस आदमी ने कहा–गाँव के सब लोग उस कलुआ की बात मानते हैं। रेलवे वाले ने कहा–फिर क्या करोगे। उस आदमी ने कहा–मैं कलुआ से कहुंगा, सब गाँव वालों को बुला लाओ, ऐसा सीन देखने का मौका दुबारा नही मिलेगा।"

सब लोग जोर से हंसने लगे। राधिका के मुंह में खाना था, बहुत मुश्किल से उसने खाने के कौर को मुंह से निकलने से रोका। कौर खाने के बाद वह हंसते हुए बोली–"भाई साहब ऐसा धमाकेदार जोक कम से कम खाने के समय मत सुनाईये। अभी पूरा खाना बर्बाद हो जाता। बहुत मुश्किल से मेरे मुंह में जो खाना था उसे मैने बाहर निकलने से रोका है।"

मनोहर भी जोर से हंसते हुए बोला–“वाकई, बहुत मजेदार जोक था।”

इसके बाद वे लोग तनावमुक्त होकर खाना खाने लगे। मनोहर ने उस पूरी रिकार्डिंग को अपने मोबाईल में भी सेव कर लिया।

अगले दिन मनोहर विशाल के ऑफिस गया। विशाल ने मनोहर को देखते ही उम्मीद भरी नजरों से देखा मानो मछली उसकी जाल में फंस गयी है और कहा–“आओ मनोहर भाई कैसे हो।”

मनोहर कुर्सी पर बैठते हुए बोला–“ठीक हूँ।”

“बिजनेस प्रोपोजल के बारे में क्या सोंचा”

हॉलांकि मनोहर सब जानता था पर फिर भी वह विशाल के मुंह से सबकुछ सुनना चाहता था। उसने विशाल से पुछा–“आप वास्तव में ये बिजनेस समाजसेवा के लिए ही करना चाहते हैं या इसमें आपका कोई निजी स्वार्थ है”

विशाल ने इस सवाल का उम्मीद नही किया था। उसने थोड़ा हड़बड़ाते हुए कहा–“नहीं-नहीं, मै ये सब समाजसेवा के लिए ही करना चाहता हूँ”

“लेकिन आपने तो शुरु में हमसे कहा था कि मै जो कुछ भी करता हूँ, वह अपने व्यक्तिगत स्वार्थ के लिए करता हूँ”

अब विशाल को अपने कहे उन शब्दों पर अफसोस हो रहा था कि क्यों उसने अपने मन की बात कह दी थी। उसने मनोहर से झेंपते हुए कहा–“अरे वो तो मैने बस ऐसे ही कह दिया था। लेकिन मेरे मन में हमेशा से समाजसेवा की भावना रही है। आज मुझे आपके साथ इसे पूरा करने का मौका मिला है”

“पर कल तो रेस्टुरेंट में आप अपने मित्र सामंत से कुछ और ही कह रहे थे”

विशाल एक दम से अपनी कुर्सी से मानो उछल गया। सेकण्ड भर में ही उसे कल रात में रेस्टुरेंट में सामंत से हुई बातचीत याद आ गयी। वह चौंकते हुए बोला–"मै कुछ समझा नहीं"

मनोहर बिल्कुल शांत भाव से बोला–"कल रात रेस्टुरेंट में जब आप अपने मित्र सामंत के साथ बैठकर बातें कर रहे थे तो वही हमारा भी एक मित्र बैठा था। उसने सबकुछ सुन लिया"

विशाल का दिमाग काफी तीव्र गती से चल रहा था। उसने तुरंत कहा "कल रात तो मै कहीं गया ही नही था, अपने फैमिली के साथ घर पर ही था। मैं समझ नही पा रहा हूँ आप क्या कह रहे हैं।"

मनोहर को आश्चर्य हो रहा था कि कैसे-कैसे लोग होते हैं, सच सामने आने पर भी स्वीकार नही करते। जबतक पूरी सबुत न दो, मानेंगें ही नहीं। उसने पुनः कहा - "कल रात रेस्टुरेंट में आप अपने मित्र सामंत के साथ बैठकर बातें कर रहे थे और योजना बना रहे थे कि कैसे मुझे इस्तेमाल करके हटा देंगें। मेरे मित्र ने आपलोगों की पूरी बात सुनी और मुझे बता दिया"

हालाँकि विशाल मान नही रहा था पर उसके माथे पर उभर आयी पसीने की बुंदें सबकुछ स्पष्ट बता रही थी। झुठ पकड़े जाने के कारण दिल की धड़कन भी थोड़ी बढ़ गयी थी और आवाज भी थोड़ी कांप कर निकल रही थी। उसने कांपती हुई आवाज में कहा–"यह सब झुठ है। आपके मित्र ने आपको बेवजह भड़काया है। वह आपकी तरक्की नही देखना चाहता"

मनोहर अब बातचीत को और लम्बा नही करना चाहता था। विशाल के हाव-भाव सबकुछ बता रहे थे। उसने आगे झुक कर कहा–"विशाल साहब, आदमी सब से झुठ बोल सकता है, पर अपने आप से नहीं। आपकी कांपती आवाज सबकुछ बता रही है। मुझे ये पता नही कि मैं जो सोंच रहा हूँ वह कर पाउँगा या नहीं। हो सकता है मेरी योजना में

ही कोई कमी हो। पर आपकी योजना तो बिल्कुल गलत है। दूसरों का भला करना तो छोड़िये, आप तो लोगों के भलाई की योजना को भी अपने निजी स्वार्थ के लिए इस्तेमाल करना चाह रहे हैं। धन्यवाद।"

यह कहकर मनोहर वहां से जाने लगा। फिर उसे पता नही क्या सुझा, कि एकदम से रुक गया और पलटकर बोला–"और एक बात बता दूँ विशाल साहब। कल रात रेस्टुरेंट में मैं भी बैठा था जहां आप बैठे थे। आपलोगों के बात-चीत कि रिकार्डिंग भी हमारे पास है। जाईये आप अपने चरित्र पर आत्ममंथन करिये। एकबात याद रखियेगा कि इस दुनिया में कोई भी अमर नही है और जो भी रुपया-पैसा, धन-दौलत, बंगला-गाड़ी जमा कीजिएगा वह सब यही रह जायेगा।"

आज पहली बार किसी ने विशाल की आत्मा पर चोट किया था। मनोहर के जाते ही जैसे उसे सांप सुंघ गया। वह एकदम शांत होकर अपने कुर्सी पर पीछे झुककर बैठ गया। आज उसे अपने अतीत की पूरी घटना याद आ रही थी। किस तरह उसने किशोर को बेवकुफ बनाया था। आज मनोहर ने उसे जैसे झंकझोर कर रख दिया था। कहीं न कहीं आज उसे एहसास हो रहा था कि उसने किशोर के साथ जो किया था या मनोहर के साथ जो करने की सोंच रहा था, वह गलत था।

इसके बाद मनोहर अपने ऑफिस चला गया। आज उसे काम करने में दिल नही लग रहा था क्योंकि उसका मन काफी अशांत था। उसे लगने लगा जैसे अब सब खत्म हो रहा है। वह तुरंत घर वापस आकर राधिका से बात करना चाह रहा था। पर राधिका भी तो हॉस्पिटल में होगी। इसलिए किसी तरह दिन बिताकर वह शाम को घर आ गया। राधिका पहले ही घर आ गयी थी। घर पहुंचते ही जैसे सोफे पर निढ़ाल होते हुए मायुस मन से राधिका से बोला–"अब मै समझा हमारे देश और यहाँ के किसानों की हालत सुधरती क्यों नहीं। अब लगता है मुझे भी ये सब भुल जाना चाहिए।"

राधिका ने हिम्मत दिलायी–"हिम्मत मत हारो, कुछ न कुछ होगा। मेरा दिल कहता है।"

"लेकिन मुझे नही लगता।"

"चलो मै तुम्हे एक कहानी सुनाती हूँ। एक बार एक आदमी को यह डर हो गया कि अगर आसमान टुट कर धरती पर गिर गया तो क्या होगा। सब मारे जायेंगें। वह आदमी बहुत डर गया। वह जंगल की तरफ भागा, भागता ही गया। तभी उसे एक साधु मिले। साधु ने उस आदमी से पुछा कि तुम इतनी तेजी से कहाँ भागे जा रहे हो। उस आदमी ने अपने मन के भय को बताया कि उसे डर हो गया है कि यदि यह आसमान टुट कर गिर गया तो क्या होगा। साधु उस आदमी के मन के डर को समझ गये। उन्होंने उसे अपने पास बैठाया, खाना खिलाया। जब वह आदमी थोड़ा शांत हुआ तो साधु ने उस आदमी से कहा कि मैं तुम्हारे सवाल का जवाब दुंगा, पर पहले मेरा एक काम करो। यह कटोरा लो और पास के गाँव से भीख माँग कर लाओ। भीख में जो भी मिले उसे ले लेना। परंतु शर्त यह है कि जिस व्यक्ति से भी तुम भीख माँगो, उससे कोई निवेदन नही करना, बल्कि भीख हमेशा तुम सामनेवाले को डांटते हुए माँगना। सामनेवाले को पहले एक-दो गाली दे देना और फिर डांटते हुए भीख मांगना। उस आदमी ने कहा–इस तरह से तो कोई भी भीख नही देगा। साधु ने कहा–मै जैसा कहता हूँ, वैसा करो। उसके बाद मैं तुम्हारे सवाल का जवाब दुंगा। वह आदमी गाँव में जाकर कटोरा लेकर भीख मांगने चला गया। जिससे भी वह मिलता, पहले उसे गाली देता और फिर डांटते हुए भीख मांगता। जैसी उस व्यक्ति को उम्मीद थी, वैसा ही हुआ। इस तरह से भीख देने से लगभग सभी ने उसे भगा दिया। परंतु फिर भी एक-दो व्यक्ति ऐसे थे जिन्होंने सोंचा कि लगता है यह व्यक्ति काफी भुखा है और इसलिए इस तरह से भीख मांग रहा है। इसलिए उन लोगों ने उसे भीख दे दिया। इस तरह उस वयक्ति को 2-3 मुट्ठी चावल ही भीख में मिल सके। वह वापस साधु के पास गया

और उसे बताया कि 2–3 लोगों को छोड़कर सभी ने उसे भगा दिया। सिर्फ 2–3 लोगों ने ही गाली और डांट खाने के बाद भी भीख दिया। तब साधु ने कहा–जबतक ऐसे लोग इस धरती पर हैं, यह आसमान नही टुटेगा।"

राधिका ने आगे कहा–"मतलब आज अगर हम जीवीत हैं, यह दुनिया चल रही है, तो इसका मतलब है ऐसे लोग भी इस दुनिया में हैं। इसलिए हिम्मत न हारो। वैसे भी गीता में कहा गया है - कर्मणयेवाधिकारस्ते मा फलेषु कदाचन। मतलब हमें सिर्फ अपना काम करना चाहिए, उसके फल की चिंता नहीं। इसलिए तुम भी अपना काम करते रहो, जब उपरवाले को फल देना होगा दे देंगें।"

(वैसे यह बात सही भी है। अकसर हम परिणाम की चिंता करने लगते हैं और हमारा ध्यान काम पर कम हो जाता है। हम यह सोंचने लगते हैं कि क्या हमें वांछित परिणाम मिलेगा। जबकि हकीकत यह है कि उपर वाला जो भी करता है, अच्छा ही करता है, हमारे भले के लिए ही करता है। अगर कोई भी चीज हमारे मन के मुताबिक नही होती, तो इसमें भी हमारी ही कोई हित छुपी होती है। बस यह बात हम समझ नही पाते।)

मनोहर को अब थोड़ी शांति मिली। वह प्रसन्न होते हुए बोला–"वाह मुझे पता नही था मेरे ही घर में धर्म की इतनी बड़ी ज्ञाता रहती है। वैसे तुम सही कह रही हो। मैं बेकार में परेशान हो रहा हूँ। जब जो होना है वह तभी होगा। मेरे हड़बड़ाने से कोई फायदा नहीं। इसलिए अब मैं बिना निराश हुए कोशिश करता रहुँगा। Thank You।"

राधिका ने शर्माते हुए कहा–"तुम्हे एक खुशखबरी देनी थी।"

"क्या?"

"Guess करो।"

मनोहर ने थोड़ा सोंचा, फिर बोला–"पता नहीं"

"तुम पापा बनने वाले हो।"

मनोहर मानो खुशी से उछल गया–"Wow! सच।"

राधिका ने शर्माते हुए धीरे से कहा–"हाँ"

"अरे वाह मजा आ गया।"

"तुम्हे लड़का चाहिए या लड़की।"

"लड़के बहुत शरारती होते हैं, मुझे तो लड़की चाहिए।"

"वैसे लड़कियां भी कम शरारती नही होती।"

"कोई बात नहीं, मुझे फिर भी लड़की ही चाहिए। लेकिन इस खुशखबरी पर एक पार्टी तो बनती है। चलो आज बाहर खाते हैं।"

"लेकिन अभी तो मुँह मीठा कर लो।"

"हाँ, मीठा तो बनता है।"

राधिका ने फ्रिज से मिठाईयाँ निकालीं और दोनो ने खाये। इसके बाद मनोहर ज्यादा जोश से लग गया। वह बीच-बीच में कई और Businessman से मिला। पर हर जगह निराशा ही मिली। मनोहर ने ठीक सोंचा था, जब जो होना है तभी होगा। पर मनुष्य को अपना काम करते रहना चाहिए। तभी भाग्य भी साथ देती है।

इसी तरह और समय बीत गया। मनोहर को जैसी इच्छा थी वैसा ही हुआ। राधिका ने एक प्यारी सी लड़की को जन्म दिया। दोनों ने मिलकर उसका नाम अनन्या रखा। इसी तरह 3 साल और बीत गये। मनोहर के माँ-बाप अब उसके साथ ही रहने लगे थे। अब तक मनोहर कई लोगों से मिल चुका था पर कोई भी उसका साथ देने को तैयार नही हुआ। हार कर एक दिन उसने राधिका से अपने मन की व्यथा सुनाई–"अब मैने उम्मीद छोड़ दी है। अब मेरा सपना, एक सपना ही रह जायेगा। मै भी औरों की तरह सिर्फ अपना घर, कार, Investment के बारे में ही सोंचूंगा।"

"तो, तुमने हार मान ली।"

"तुम्हारे कहने पर मैं कई Businessman से मिला। पर सब पैसे के लालची हैं। जिसमें उन्हें फायदा दिखता है, वह काम करने को तो तैयार हो जाते हैं पर समाजसेवा के लिए सिर्फ दिखावा।"

"तुम्हारा उन पर गुस्सा करना जायज नही है। उनका पैसा है, वे जहाँ चाहेंगें वहाँ खर्च करेंगें। यह बात अलग है कि उन्हे समाजसेवा करनी चाहिए, पर इसके लिए कोई इन्हें आदेश तो नही दे सकता।"

"हाँ, यह बात भी सही है।"

"मायुस मत होवो। भगवान जो भी करते हैं, अच्छा ही करते हैं।"

मनोहर अब अपने दैनिक कार्यों में ज्यादा ध्यान दे रहा था। पर कहीं न कहीं उसके मन के एक कोने में एक सवाल खड़ी थी - "क्या वह अपने सपनों को भूल जायेगा। क्या वह भी औरों की तरह केवल अपने में सिमट कर रह जायेगा"। जब हम खुले आँख से सपने देखते हैं तो बड़ा मजा आता है। ऐसा प्रतीत होता है जैसे सब कुछ संभव है। संभव क्या, हम सपनों में तो सब कुछ पूरा भी कर लेते हैं। मनोहर ने भी पहले दिवा स्वप्न ही देखे थे जो आज उसे असंभव प्रतीत हो रहे थे। यही सपने मनोहर को बेचौन भी कर रहे थे।

अनन्या अब तक 5 साल की हो चुकी थी। एक दिन वह अपने खिलौनों से खेल रही थी। उसके पास घर बनाने के लिए प्लास्टिक के छोटे-छोटे ढ़ांचे थे जिन्हें जोड़ने से घर बनता था। वह बार-बार ढ़ांचों को सजा रही थी और वे बार-बार गिर जा रहे थे। मनोहर दूर से उसे ये सब करते हुए देख रहा था। पर आज लगता था अनन्या ने भी ठान रखी थी कि आज तो वह पूरा घर बनाकर ही मानेगी। लगभग 1 घंटे की कोशिश के बाद उसने सभी ढ़ांचों की ठीक ढ़ंग से सजाकर घर बना लिया। घर बनाते ही वह जोर-जोर से ताली बजाने लगी और मनोहर के पास आकर खुशहोकर बोली-"पापा देखो मैने घर बना लिया"

मनोहर ने भी मुश्कराकर कहा–"Very Good"

अनन्या ने चहकते हुए कहा–"स्कूल में मेरी मिस कहती है कि हमें कभी हिम्मत नही हारनी चाहिए। अगर हम मन से कोशिश करें तो हर काम संभव है।"

कभी-कभी छोटे बच्चे भी बड़ी सीख दे जाते हैं। अनन्या ने भी मनोहर को अंदर से झकझोर दिया। उसे लगने लगा कि उसने ठीक से कोशिश नही की है। उसे अपनी योजना पर पूरा भरोसा था पर पूँजी के नही होने के कारण वह अपनी योजना को कार्यांवित नही कर पा रहा था। अब उसके मन में अचानक कई बातें आने लगीं। क्या हम हर काम दूसरों के भरोसे ही करते हैं? अगर दूसरों ने साथ नही दिया तो क्या हम जो चाह रहे हैं उसे नही कर सकते। अगर हमारे सपने दूसरों पर निर्भर हैं तब तो वे शायद ही कभी पूरे होंगें क्योंकि दूसरे हमारे सपने पूरा करने में हमारा साथ दें, ऐसा जरुरी तो नहीं। महान कवि रवीन्द्रनाथ टैगोर ने भी कहा है–"एकला चलो रे" मतलब अगर कोई साथ न दे तब भी हमें अकेले ही चलते रहना चाहिए। अब शायद मनोहर का यथार्थ से परिचय हो गया था। उसे समझ में आने लगा कि अभी तक वह जो चाह रहा था वह क्यों नही कर पा रहा था। उसने तय किया कि वह हार नही मानेगा और एक कोशिश, भरपुर और इमानदारी से कोशिश जरुर करेगा।

अब तक मनोहर को नौकरी करते-करते 7-8 साल बीत चुके थे। राधिका भी 4-5 सालों से नौकरी कर रही थी। दोनों ने मिलकर 35-40 लाख रुपये बचा लिए थे। वे अपने लिए एक फ्लैट लेना चाह रहे थे। मनोहर को एक उपाय सुझा और उसने राधिका से अपने मन की बात की–"अभी तक मैने कई नेताओं तथा Businessman से मुलाकात की है। उन्हें अपनी योजना के बारे में बताया। पर कोई भी तैयार नही हुआ। 1-2 जो तैयार हुए उन्हें भी इसमें Business दिखा और Profit कमाने के बारे में ही सोंचा।"

"हाँ, कह तो सही रहे हो।"

"अब मगर मेरे पास एक और उपाय है अगर तुम साथ दो।"

"मै तो हमेशा तुम्हारे साथ हूँ, बताओ क्या करना है?"

मनोहर ने अपनी पूरी योजना बतायी–"पहले मै एक दम से बड़े स्तर पर काम शुरु करना चाह रहा था। पर शायद यह संभव न होकर अच्छा ही हुआ क्योंकि अगर हम किसी काम के प्रत्येक बारीकियों को न समझें, उसके हर छोटी से छोटी जानकारी को न रखें तो कोई भी बड़ा काम सफल नही होगा। मैने अभी तक कभी भी Business नही किया है। इसलिए अगर मै बहुत बड़े स्तर पर अपना काम शुरु करता तो बहुत हद तक यह संभव था कि मै असफल हो जाता। इसलिए अब मैं इसे छोटे स्तर पर शुरु करना चाह रहा हूँ।"

राधिका ने मनोहर की बात का समर्थन किया–"हां यह तो तुमने बहुत अच्छा सोंचा। मै इसमें तुम्हारी क्या मदद कर सकती हूँ?"

"हमारे पास अभी लगभग 35–40 लाख रुपये हैं। इस रकम से तथा लोन लेकर हम एक फ्लैट खरीदना चाह रहे हैं। मैं सोंच रहा था कि यदि हम अपने फ्लैट खरीदने के प्लान को कुछ समय के लिए Postpone कर दें और इस रकम से यदि मै अपना काम शुरु करुँ तो कैसा रहेगा?"

(राधिका सोंचने लगी क्योंकि यह एक बहुत बड़ा फैसला था।)

मनोहर फिर बोला–"देखो हम फ्लैट तो अगर चाहें तब 4–5 साल बाद भी खरीद सकते हैं। हम दोनों की Salary इतनी अच्छी है कि अगर हम चाहें तो 4–5 वर्षों में इससे ज्यादा बचत कर सकते हैं और फिर लोन लेकर फ्लैट खरीद सकते हैं। पर मै चाहता हूँ कि जब हम इस दुनिया से जायें तो हम कह सकें कि "We are not failure"। अगर मेरी योजना सफल रही तो करोड़ों किसानों का भला हो जायेगा।"

राधिका ने हाँ कर दी–"ठीक है, इसमें कोई हर्ज नहीं। हम 4–5 साल फ्लैट के लिए इंतजार कर सकते हैं।"

"लेकिन तुम हमारे सरकार की गृह मंत्री हो और गृह मंत्रालय के इजाजत के बिना इतना बड़ा फैसला तो नही लिया जा सकता। इसलिए तुम्हारी स्वीकृती अनिवार्य है।"

राधिका ने मुस्कराते हुए कहा–"गृह मंत्रालय ने Proposal को स्वीकृति प्रदान कर दिया। Now you may go ahead।"

"धन्यवाद गृह मंत्री जी।"

इसके बाद मनोहर ने अपने पिता विष्णु से भी इस बारे में बात की। पहले तो उन्होंने थोड़ा विरोध किया पर बाद में वे भी राजी हो गये।

मनोहर ने अब बहुत ही छोटे स्तर पर अपनी योजना, अपने जीवन के सबसे बड़े सपने, को अमली जामा पहनाना शुरु कर दिया। 5–6 नये लड़कों को नौकरी पर रखा जिनका काम था घर-घर जाकर लोगों से मिलना और उन्हें अपनी संस्था के योजना के बारे में बताना। योजना इस तरह थी–

- शुरुआत चावल से होना था।
- चावल के हर किस्म को बाजार भाव से 20% कम दर पर लोगों को देना था। अर्थात जो चावल बाजार में 50 रुपये किलो थी उसे लोगों को 40 रुपये किलो बेचने के लिए बात करनी थी तथा लोगों को इसे खरीदने के लिए तैयार करना था।
- जो भी व्यक्ति इसके लिए तैयार हो जाता उसे पूरे वर्ष के लिए एक Agreement करना था। चुँकि यह योजना नई थी इसलिए लोगों का विश्वास जमाने के लिए Agreement करने पर कोई भी Deposit नही लेना था और साथ में Agreement तोड़ने पर भी कोई पेनल्टी नही थी। मनोहर ने सोंचा कि एक बार उसकी योजना चल पड़ी तब इन्हें लागू करने के बारे में सोचा जायेगा।
- इस Agreement का उद्देश्य सिर्फ इतना था कि किस Variety का कितना चावल किसानों से खरीदना है यह पता चल सके।

- सभी ग्राहकों को एक Unique Customer No. दिया जाना था। वे जैसे ही चावल मंगाने के लिए फोन या SMS करते, दूसरे ही दिन चावल उनके घर पहुँचा दिया जाता।
- चावल ग्राहक के पास भेजने से पहले उसे काफी अच्छी तरह Sealed Pack कर देना था तथा Packet का नम्बर ग्राहक को SMS कर देना था ताकि ग्राहक को पता रहे कि उसे सही Packet मिला है।
- चुँकि पूरे साल का रेट एक बार में ही तय कर देना था, इसलिए लोगों को चावल मंगाने पर उस पर होने वाले खर्च का अनुमान पहले से ही हो जाना था।
- शुरुआत में सिर्फ 75-80 परिवारों से ही Agreement करना था क्योंकि पूँजी सीमित थी। ग्राहकों को चावल सप्लाई करने की शुरुआत दिसम्बर माह से होनी थी।

जब लड़के लोगों के पास गये तो कई तरह के लोग मिले। कुछ लोगों ने इनकार किया तो कुछ ने शक किया। किंतु यहाँ मनोहर के पास एक बहुत बड़ा प्लस Point था कि वह IIT से इंजीनियर था तथा उसकी पत्नी राधिका AIIMS में पढ़कर डॉक्टर बनी थी। मनोहर ने अपनी संस्था का नाम अपनी बेटी अनन्या के नाम पर अनन्या इंटरप्राईजेज रखा जिसके मनोहर तथा राधिका पार्टनर थे। उसने अनन्या इंटरप्राईजेज के नाम से वेब साईट बनाकर उसमें अपना तथा राधिका का पूरा Bio-data डाल दिया। इस कारण लोगों को विश्वास दिलाने में बहुत ज्यादा दिक्कत नही हुई। एक तो उन्हें पूरे वर्ष के लिए बाजार से काफी कम दाम पर चावल मिल जाना था और साथ में किसानों को भी और अच्छी दर से उनकी उपज का दाम मिल जायेगा। भले ही आम लोग किसानों के लिए कुछ न कर पायें पर लगभग हर किसी के मन में किसानों के प्रति सहानुभुती रहती ही है। इसलिए जब लोगों को मौका मिला तब कुछ लोग तो फौरन तैयार हो गये। कुछ कोशिश के

बाद 75 परिवारों से Agreement हो गया और इसके बाद मनोहर ने अपने योजना को पूँजी की मजबूरी की वजह से यही रोक दिया क्योंकि आगे चलकर दाल, गेहूं तथा दूसरे अनाजों के लिए भी Agreement करना था।

केवल चावल का Agreement करने से मनोहर को एक और फायदा हुआ। उसे शुरुआत में केवल 5-6 लाख रुपये ही Invest करने थे और साथ में 3-4 महीने का अनुभव भी मिल जाता क्योंकि गेंहू और दाल की कटाई चावल के 5-6 महीने बाद होती है। मतलब थोड़ी कम पूँजी लगाकर ही मनोहर को अनुभव प्राप्त होने वाला था। अब बारी किसानों से चावल खरीदने की थी। शुरुआत मनोहर ने अपने ही गाँव से किया। चूँकि उसके पिता विष्णु ने जीवनभर खेती किया था तथा वे गाँव में रहे थे इसलिए इस काम में उन्होंने भी साथ दिया। मनोहर ने जब गाँव वालों को चावल खरीदने के लिए बाजार से लगभग डेढ़ गुणा रेट ऑफर किया तो गाँववालों को विश्वास नही हुआ, पहले तो उन्हें लगा कि मनोहर मजाक कर रहा है। पर जब मनोहर ने सचमुच डेढ़ गुणे दाम पर चावल खरीदे तो वे काफी खुश हुए। मनोहर ने 75 परिवारों के लिए जितने चावल देने का पूरे साल का Agreement किया था उतना चावल खरीदकर अपने Godown में मंगवा लिया। जैसा कि वादा किया गया था उसके अनुसार ही दिसम्बर माह से ग्राहकों को चावल भेजना शुरु हो गया। पहले तो बहुत लोगों ने ऑर्डर ही नही दिये। फिर जब मनोहर के स्टाफ स्वयं चावल लेकर गये तब अधिकतर लोगों ने चावल ले लिया। परंतु फिर भी कुछ ने मना कर दिया। शुरुआत के दो महीने काफी दिक्कत भरे रहे। लोगों को विश्वास दिलाने के लिए मनोहर को कई ऑफर भी देने पड़े जैसे–

- चावल को कोई भी किसी भी Lab में टेस्ट करा सकता है और अगर कुछ भी गलत निकला तो अनन्या इंटरप्राईजेज के मालिक अर्थात मनोहर जेल जाने को तैयार हैं।

- कोई भी जब भी कहे अनन्या इंटरप्राईजेज का स्टाफ चावल किसी के भी घर में बनाकर सबके सामने खायेगा जिससे मिलावट का शक दूर हो सके।
- अगर वजन या Quality में जरा भी कमी हुई तो पूरे चावल के दाम वापस कर दिये जायेंगें।
- उन किसानों के नाम तथा पता दिया गया जिनसे चावल उँचे दाम पर खरीदे गये।
- चावल का Selling Price कैसे निकाला गया तथा इसमें क्या-क्या खर्चे जुड़े हैं इसका भी एक चार्ट लोगों को दिया गया ताकि उन्हें लगे कि दाम न तो कम और न ही ज्यादा लिया जा रहा है।

इसके बाद लोगों में धीरे-धीरे विश्वास बढ़ा और चौथे महीने आते-आते लगभग सभी 75 परिवारों ने चावल मनोहर के अनन्या इंटरप्राईजेज से मंगाना शुरु कर दिया।

लोगों को मनोहर से चावल मंगाने के कई फायदे मिले–

- घर बैठे जिस क्वालिटी का चावल चाहिए वह क्वालिटी मिली
- बाजार से घर तक लोगों को चावल ढ़ोना नही पड़ा
- चावल बाजार से 20% कम दाम पर मिले
- चावल में कोई मिलावट नही
- लोगों को यह संतुष्टी हुई कि उनके द्वारा दिये जा रहे मूल्य का अधिक से अधिक भाग किसानों को मिला
- पूरे वर्ष के लिए रेट फिक्स

अब तक 4 महीने बीत गये थे और लोगों का विश्वास जमने लगा था। अब मनोहर ने गेहुँ, दाल, चना और छोले इन सब के लिए भी इन्ही 75 परिवारों से Agreement के लिए संपर्क किया और वे अपने पिछले

4 महीने के अनुभव के बाद इसके लिए भी तुरंत तैयार हो गये। इस बार मनोहर को ज्यादा परेशानी नही हुई।

लोगों तक ठीक ढ़ंग से अनाज पहुंचाने के लिए मनोहर ने एक Systematic व्यवस्था की–

- जितने भी अनाज के लिए लोगों ने Agreement किया था उतना अनाज मनोहर ने खरीदकर अपने यहाँ रख लिया। इससे भविष्य में यदि दाम बढ़ भी जाते तब भी ग्राहकों को पहले से ही तय दर पर अनाज दिया जा सकता था।
- लोगों को जब भी अनाज मंगाना होता था वे एक फोन या SMS कर देते थे।
- ऑर्डर मिलते ही तुरंत पैकिंग शुरु हो जाती थी
- पैकिंग हमेशा कागज के लिफाफे में ही होती। इसके दो फायदे थे, एक तो पर्यावरण के दृष्टी से यह अच्छा था। दूसरा यदि पैकेट से थोड़ा भी छेड़-छाड़ किया गया तो लोगों को इसका तुरंत पता चल जाता।
- Packet पर एक Unique Serial No. लिखा जाता जिसे ग्राहकों को SMS करके बता दिया जाता। इससे ग्राहकों को यह विश्वास हो जाता कि उनके लिए जो Packet तैयार किया गया है वही उन्हें मिला है।
- SMS के साथ एक Code भी लोगों को दिया जाता जिसे वे समान पहुँचाने वाले को तब देते जब वे संतुष्ट हो जाते कि उन्हें सही Packet मिला है।
- इस Code No. और Packet No. की मिलान करके मनोहर के आदमी संतुष्ट हो जाते की सब कुछ सही है।

2-4 महीने और बीत जाने पर जितने भी 75 परिवारों से Agreement किया गया था उन सभी के सभी का पूरा विश्वास जम गया। अगर कहा जाये तो मनोहर की योजना ने शुरुआत पकड़ ली थी।

Business में विश्वास बहुत बड़ी चीज होती है। अगर ग्राहक को विश्वास हो जाये तो वे दुर रहने के बावजुद आपके यहाँ से ही शॉपिंग करेंगें। मनोहर ने भी विश्वास जमा लिया था। अब यही 75 परिवार अनन्या इंटरप्राईजेज का प्रचार भी कर रहे थे। वे अपने आस-पड़ोस तथा रिस्तेदारों को अनन्या इंटरप्राईजेज से जुड़ने के फायदे बता रहे थे। अब और भी कई लोग इस योजना से जुड़ना चाह रहे थे। मनोहर ने अनुमान किया कि अबकी बार 200 परिवार इस योजना से जुड़ सकते थे। उधर गाँव में भी किसान पहले से ही पुछ रहे थे कि मनोहर उनसे चावल कब खरीदेगा। पर मनोहर के पास अब दिक्कत थी पूँजी की। वह अपनी पूरी पूँजी, जो लगा सकता था, लगा चुका था। अभी तक उसने अपना जॉब छोड़ा नही था, वह पहले के जैसा ही जॉब भी कर रहा था। अनन्या इंटरप्राईजेज का पूरा Management उसके हाँथ में था और उसके पिता विष्णु भी बीच-बीच में देख-भाल करते रहते थे। अब सबकुछ पटरी पर आने लगी थी।

दूसरा साल आ गया। अब मनोहर को यह चिंता सता रही थी कि वह 200 परिवारों को इस साल कैसे जोड़े क्योंकि 200 परिवारों के लिए अनाज खरीदने के लिये जितनी जरुरत थी, उतनी पूँजी उसके पास नही थी। काफी सोच विचारकर उसने बैंक से लोन लेने का निर्णय लिया। अनुमान किया कि लगभग 20 लाख रुपये की लोन की आवश्यक्ता होगी। वह कई बैंकों में चक्कर काटता रहा पर लगभग सभी ने मना किया। काफी प्रयास के बाद एक बैंक मनोहर तथा राधिका के शैक्षणिक योग्यता को देखते हुए तैयार हो गया।

इसके अलावा मनोहर ने एक और तरकीब निकाली। सभी ग्राहकों से पूरे साल भर के खपत के 1 महीने के बराबर की रकम शुरु में ही Advance के रुप में ले लिया जिसे वर्ष के अंतिम दो महीनों में Adjust कर देना था। एक महीने की रकम बहुत ज्यादा नही थी, इसलिए किसी

ने भी कुछ शिकायत नही की क्योंकि उन्हें फायदे बहुत मिल रहे थे। इससे मनोहर को हिम्मत बढ़ा और अपनी योजना पर विश्वास भी क्योंकि लोग अब Advance देने को तैयार हो गये थे। इसके अलावा इस बार किसानों से जिस रेट पर अनाज लेने की बात हुई उसका 25% वर्ष के अंत में देने की बात हुई। अर्थात किसानों को शुरु में 25% काट कर पेमेंट किया गया और यह 25% वर्ष के अंत में देने का Agreement हो गया, जब मनोहर अपने ग्राहकों से पूरा रकम वसुल लेता। 25% काटने पर भी किसानों को बाजार मूल्य से अधिक रकम मिला और इसलिए किसान इसके लिए भी तैयार हो गये। इस तरह से दूसरे साल अनन्या इंटरप्राईजेज का कारोबार 75 परिवार से बढ़कर 200 परिवारों का हो गया।

पिछले 1 साल में मनोहर को इस नई Business का अच्छा अनुभव मिल गया था। अब उसे लगने लगा कि भगवान जो भी करते हैं अच्छा ही करते हैं। अगर दूसरे बड़े व्यापारी उसका साथ देने को राजी हो जाते तो हो सकता है वह असफल हो जाता क्योंकि उसके पास अनुभव नही था और अचानक से काम ज्यादा होने पर उसे संभालना भी मुश्किल हो जाता। इसके अतिरिक्त दूसरे का पैसा लगे होने से उसे चिंता भी अधिक रहती। पर अब उसे अधिक चिंता नही थी क्योंकि उसका अपना ही पैसा लगा था।

दूसरे वर्ष काम में बहुत अधिक बाधा नही आई। अब तक सब कुछ Systematic हो गया था। अनन्या इंटरप्राईजेज के स्टाफ तथा ग्राहक दोनों समझ चुके थे कि काम कैसे हो रहा है। वर्ष पूरा होते ही किसानों का जो 25% रकम रोककर रखा गया था, उसे उन्हें दे दिया गया। इससे किसानों का भी अनन्या इंटरप्राईजेज के प्रति सम्मान तथा विश्वास दोनों बढ़ गया।

मनोहर ने सिर्फ उन अनाजों का व्यापार शुरु किया था जो हमारे मुख्य भोजन में आते हैं, जैसे चावल, गेहूं, चना, दाल इत्यादि। पर

आजकल शहरों में लोग गेहूं कम ही खरीदते हैं और इसकी जगह वे Packed आटा खरीदते हैं। इसलिए अब मनोहर ने एक आटा चक्की भी लगवा लिया। जैसा पहले हमारे घरों में होता था, उस तरह ही गेहूं को अच्छे से धोना, फिर सुखाना और तब फिर मशीन में पिसना। इस काम के लिए भी अलग से नियुक्ति की गयी। पिछले 2 सालों में लोगों का अनन्या इंटरप्राईजेज पर विश्वास तो जमा ही था, इसलिए अब वे आटा लेने को भी तैयार हो गये। अर्थात तीसरे साल से मनोहर किसानों को गेहूं उगाने के भी अच्छे दाम दे सकता था।

अब मनोहर को थोड़ा शकुन था। उसे तसल्ली थी कि वह जो चाह रहा था, उसे पूरा करने जा रहा था। अब उसे इच्छा हुई कि एक बार अपने गाँव भी चला जाये और अपने बचपन के दोस्तों, पड़ोसियों तथा रिस्तेदारों से मिला जाये और उनकी राय ली जाय। उन लोगों के मन में क्या है, उनकी क्या परेशानियाँ हैं, उन लोगों से व्यक्तिगत रुप से मिलने पर ही पता चलेगा। मनोहर ने अपने माता-पिता तथा राधिका से इस बारे में बात की। वे तुरंत तैयार हो गये। शादी के बाद राधिका गाँव नही गयी थी। इसलिए उसे दुबारा गाँव में जाने की पुनः इच्छा हुई। वह शादी के बाद कुछ ही दिन गाँव में रही थी, पर तभी उसे गाँव के शांत जीवन का जो आनन्द मिला था, उसे कभी नही भुल पायी। इसलिए गाँव जाने के लिए वह तुरंत तैयार हो गयी।

गाँव जाने के बाद मनोहर को पता चला कि उसने वास्तव में लोगों के लिए क्या किया है। सब लोग उसके तारीफ करते थक नही रहे थे। वैसे ये बात भी सच है कि दुनिया में हर तरह के लोग होते हैं और आज के कलयुग में तो अधिकतर लोग ईर्ष्या ही करते हैं। पर फिर भी अच्छे लोगों की भी कमी नही है। अधिकतर लोगों ने मनोहर की खुब तारीफ की और दिल से दुआयें दी। पर एक व्यक्ति था जो मनोहर के पास आ पाने में अपने आप को असमर्थ पा रहा था या यों कहिये लज्जित था। वे थे दिनेश भैया जिन्होंने मनोहर से कुछ वर्षों पहले एक

लाख रुपये उधारी लिया था और पैसा रहते हुए नही लौटाया था। हालांकि वे भी अनाज अनन्या ईंटरप्राईजेज को बेच रहे थे पर अब उन्हें अपने किये पर काफी अफसोस था। अब उन्हें समझ में आ गया था कि रुपया पैसा तो पल दो पल का साथी है और इसके लिए रिस्ते-नातों को नही तोड़ना चाहिए। ऐसा नही है कि अब दिनेश भैया मनोहर से और कुछ उम्मीद रख रहे थे, पर उनके मन में यह था कि मनोहर लोगों के लिए कितना कुछ कर रहा है और उन्होंने उसका पैसा मार लिया। उन्हें पता था कि यह मनोहर की बड़प्पन थी कि उसने उधारी वाली बात किसी को भी नही बतायी। कई बार मन में खयाल आया कि उधारी लिये गये पैसे सुद समेत लौटा दिया जाये, पर मनोहर के पास जाने की हिम्मत नही हुई। कौन से मुंह लेकर मनोहर के सामने जायें।

मनोहर को गाँव में आये आज पाँचवा दिन था। आम लोगों से तथा किसानों से सीधे बात करने पर उसे काफी कुछ समझ में आया कि लोग क्या सोंच रहे हैं और उनकी क्या उम्मीदें हैं। अगले दिन सुबह-सुबह ही सभी के वापस जाने का प्रोग्राम था। यह बात किसी तरह दिनेश भैया को पता चल गयी कि मनोहर अगले दिन सुबह-सुबह ही वापस चला जायेगा। अब उनके मन की उत्तेजना काफी बढ़ गयी। मन में अपराधबोध का बोझ अब बर्दास्त नही हो रहा था। आखिरकार सबकुछ भुल कर उन्होंने तय किया कि आज ही वे मनोहर से मिलेंगें।

जब से मनोहर गाँव आया था तब से दिनेश भैया ने हमेशा इस बात का ध्यान रखा कि कही मनोहर सामने न पड़ जाये क्योंकि अगर मनोहर सामने पड़ गया तो उससे नजरें मिलाने की उनकी हिम्मत नही थी। पर आज वे सुबह से ही चाह रहे थे कि मनोहर से मुलाकात हो जाये तो उससे बात करें। मनोहर के घर वे जाना नही चाह रहे थें क्योंकि वहाँ मनोहर के माँ-पिताजी से भी मुलाकात हो जाती। वे चाह रहे थे कि मनोहर से अकेले में मुलाकात हो और उसे सुद समेत पूरे पैसे वापस कर दें। पर आज अकेले क्या लोगों के साथ भी मनोहर से मुलाकात नही हुई। वास्तव में आखिरी दिन मनोहर को थोड़ी सर्दी हो गयी जिस

कारण वह घर से निकला ही नहीं। जब रात हो गयी और मनोहर से मुलाकात नही हो पायी तब दिनेश भैया को लगा कि अब वे कर्ज चुका नही पायेंगें। बेचैनी और बढ़ गयी। आखिरकार उन्होंने मनोहर के घर जाने का ही फैसला किया। मनोहर के घर में सब लोग आराम से बैठकर चाय पी रहे थे। सबसे पहले सामने मनोहर के माँ-पिताजी ही दिखे। दिनेश ने उन लोगों को नमस्ते किया–"नमस्ते चाचा जी, नमस्ते चाची"

सभी को आश्चर्य हुआ कि दिनेश आज कैसे आ गया। विष्णु ने दिनेश को थोड़ा घुरते हुए कहा–"नमस्ते, आज यहाँ कैसे? आओ बैठो।"

दिनेश वही रखी एक कुर्सी पर बैठते हुए बोला - "बस आप लोगों से मिलने चला आया। पता चला कि आप लोग कल वापस लौट रहे हैं। रहा नही गया तो बस मिलने चला आया।"

(आज दिनेश की आवाज में वो कटाक्ष, वो ईर्ष्या नही झलक रही थी जो पिछली बार थी)

आवाज सुनकर मनोहर भी आ गया। मनोहर को देखते ही दिनेश अपने आप को लज्जित महसूस करने लगा। हल्कि मुस्कान के साथ उसने मनोहर का हाल-चाल लिया–"और मनोहर कैसे हो?"

मनोहर ने उधारी वाली बात याद करते हुए कहा–"ठीक हूँ भैया, आप कैसे हैं?"

"ठीक हूँ, हमारी प्यारी बीटिया कहाँ है।"

मनोहर एक कुर्सी पर बैठते हुए कहा–"उसे रात में छत पर जाकर आसमान देखने में बड़ा मजा आता है। मुम्बई में इन सब का मजा मिल नही पाता, इसलिए अंधेरा होते ही छत पर चली जाती है और आसमान को निहारती रहती है।"

(तभी राधिका बाहर आ गयी)

मनोहर ने दिनेश से राधिका का परिचय कराया–"ये दिनेश भैया हैं, यही पड़ोस में रहते हैं।"

राधिका ने दिनेश भैया को नमस्ते किया। मनोहर की माँ को दिनेश का यहाँ आना अच्छा नही लगा। थोड़ी देर तक दिनेश चुप रहा तथा इस उधेड़बुन में रहा कि बात की शुरुआत कैसे की जाये। फिर उसने अपने मन के सारे संकोच को दूर करके पूरी बात कह डाली–"कई दिनों से मन में एक बोझ था। हो सकता है आपलोगों को लगे कि मैं किसी लालच वस ये सब कह रहा हूँ। पर सच्चाई यह है कि जब से पता चला कि आपलोग हम किसानों के लिए इतना कुछ कर रहे हैं तब से मुझे अपनी गलती का एहसास हुआ। एक तरफ आपलोग हैं जो बिना किसी लालच तथा व्यक्तिगत स्वार्थ के लोगों के लिए काम कर रहे हैं और एक तरफ मै हूँ जिसने आपलोगों का उधारी पैसा अपने पास पैसा रहते हुए नही चुकाया। हो सके तो हमें माफ कर दीजिएगा और अपना ये पैसा वापस लेकर हम पर दया कीजिये और हमें कर्जमुक्त कीजिए।"

(ये कहते हुए दिनेश भैया पूरे पैसे सुद समेत मनोहर को देने लगे)

मनोहर ने दिनेश भैया को रोकते हुए कहा–"अरे भैया इसकी कोई जरुरत नहीं। हमारे मन में आपके प्रति किसी तरह की कोई दुर्भावना नही है।"

"मुझे पता है, न तो तुम्हारे मन में मेरे प्रति कोई दुर्भावना है और न ही इस छोटे से रकम से तुम्हे कोई फर्क पड़ता है। पर फिर भी मेरे लिए, मुझ पर उपकार करते हुए ये पैसे वापस रख लो। मन का बोझ कम हो जायेगा।"

मनोहर के पिता विष्णु को एहसास हुआ कि दिनेश वास्तव में अपराधबोध महसूस कर रहा है। उन्होंने मनोहर से कहा–"रख लो बेटा।"

मनोहर ने पैसे रख लिये। इसके थोड़ी देर बाद दिनेश भैया सबसे आज्ञा लेकर वापस चले गये। आज उधारी वापस करके उनके मन का

बोझ थोड़ा कम हुआ। पर फिर भी एक बात तो थी ही कि जब पैसे वापस करने चाहिए थे तब नही किया। पर इसका कोई उपाय नही था। यहाँ एक ही बात लागू हो सकती थी, जब जागो तभी सवेरा। अगली सुबह मनोहर सपरिवार वापस मुम्बई लौट गया।

तीसरे साल कई और लोग मनोहर से जुड़ने को तैयार हो गये। लेकिन मनोहर के पास सबसे बड़ी समस्या पूँजी की थी क्योंकि उसे किसानों को शुरु में ही पैसे देने पड़ते थे जबकि ग्राहकों से पैसे धीरे-धीरे करके हर महीने में पूरे सालभर में मिल पाता था। काफी सोच-विचारकर तथा अनन्या इंटरप्राईजेज के प्रति लोगों का विश्वास देखकर इस बार मनोहर ने नया फैसला लिया–

- ग्राहकों से अब 1 महीने की जगह 3 महीने के अनाज की खपत की रकम Advance के रुप में लिया जाये ताकि किसानों को देने के लिए अतिरिक्त पैसे के व्यवस्था हो सके, अर्थात् पूँजी की मजबुरी को दूर किया जा सके।
- किसानों को तय मूल्य का 25% की जगह एक तिहाई बाद में दिया जाये ताकि कम पूँजी में भी काम हो सके।

तीसरे वर्ष में जब लोगों से पूरे वर्ष के बराबर के अनाज खरीदने के लिए Agreement करने का समय आया तो कई लोग 3 महीने का Advance देने को राजी नही हुए। हालाँकि लोगों को पिछले दो वर्षों में यह अनुभव हो गया था कि अनन्या इंटरप्राईजेज से Agreement करने में कई फायदे हैं। पर फिर भी कई लोग 3 महीने का Advance देने को तैयार नही हुए। तब मनोहर ने उन्हें समझाया कि उसके पास पूँजी की कमी है जबकि किसानों से अनाज खरीदने के लिए उसे पूँजी की आवश्यकता है। अगर वह बैंक से लोन लेगा तब भी उस लोन के ब्याज का बोझ उसे उन्ही पर डालना होगा। अधिकतर लोग तो मान गये, पर फिर भी कुछ लोग नही माने। यह भी एक सच्चाई है कि आप दुनिया में सभी को नही समझा सकते।

इस बार 500 लोगों ने अनन्या इंटरप्राईजेज से Agreement किया। अगर पहले कि तरह 1 महीने के बराबर ही Advance लिया जाता तो शायद यह संख्या 750–800 होती। पर मनोहर की भी अपनी मजबुरी थी। किसानों ने भी तय रकम से एक तिहाई रोके जाने का विरोध किया। पर अब भी उन्हें शुरु में ही लगभग मार्केट के बराबर रेट मिल रहा था। इसलिए वे समझाने–बुझाने पर राजी हो गये।

इस तरह से तीसरे साल भी काम चालु हो गया। इस बार लोगों को बहुत अच्छी क्वालिटी का आटा भी मिल रहा था। इससे लोगों को काफी राहत मिल रही थी। मनोहर ने लोगों को ऑफर दिया कि वे जब चाहें उसके गेहूं धोने, सुखाने और पीसने के काम का निरीक्षण कर सकते हैं कि अनन्या इंटरप्राईजेज में साफ सफाई का कितना ध्यान रखा जाता है। कुछ लोग निरीक्षण करने आये भी और सब कुछ ठीक पाकर संतुष्ट हो गये। इससे उनका विश्वास और बढ़ा। तीसरे वर्ष में कुछ महीने बाद ही जिन लोगों ने नाराज होकर Agreement नही किया था उन्हें अब अफसोस होने लगा क्योंकि अब उन्हें बाजार जाकर हर महीने अनाज लाना पड़ता था और उसके क्वालिटी की भी कोई गारंटी नही थी। इसके अतिरिक्त उन्हें अब सबकुछ बाजार मूल्य पर खरीदना पड़ रहा था जो कि अनन्या इंटरप्राईजेज से 20% ज्यादा था। वे मनोहर से मिलने आये और निवेदन किया कि मनोहर उन्हें भी अपने साथ जोड़ ले। पर मनोहर ने अब अपनी मजबुरी बताई और अगले साल ही आने को कहा।

Business में विश्वास का बड़ा रोल होता है और ग्राहक का विश्वास यदि एक बार जम जाये तो Business के आगे बढ़ने में कोई परेशानी नही आती। मनोहर का Business भी अब आगे बढ़ रहा था। उसके बचपन का सपना था कि किसानों को उनके उपज का पूरा मूल्य मिले तथा बिचौलिये बीच से हट जायें। उसका यह सपना पूरा होने की राह पर था। अब अधिक से अधिक लोग उससे जुड़ना चाह रहे थे। पर यह तो एक छोटी से शुरुआत थी। अभी तो कई बड़े फासले तय करने थे।

इन सब के बीच मनोहर ने एक अच्छा काम यह किया कि उसने अपनी नौकरी नही छोड़ी। इससे उसकी हिम्मत बनी रही कि अगर कुछ विपरीत हुआ तो भी कम से कम अपने व्यक्तिगत जीवन में तो कोई परेशानी नही आयेगी। जब उसने अनन्या इंटरप्राईजेज की शुरुआत की थी तब उसने और राधिका ने अपने फ्लैट खरीदने के सपने को किनारे कर दिया था क्योंकि तब उसे अनन्या इंटरप्राईजेज में पूरी जमा पूँजी लगानी पड़ी। परंतु अब उसने बैंक से लोन लेकर एक छोटा सा फ्लैट खरीद लिया और इस सपने को भी साकार किया। अनन्या अब तक 7-8 साल की हो गयी थी और स्कूल जाने लगी थी। राधिका अब अपने हॉस्पिटल में पहले से ज्यादा व्यस्त हो गयी थी। मनोहर तो अपनी नौकरी और Business दोनो को संभालने में शायद ही कभी आराम कर पाता। कुल मिलाकर स्थिति यह हो गयी थी कि मनोहर और राधिका दोनों अब अपने-अपने काम में ज्यादा व्यस्त हो गये थे। इसलिए उन्होंने तय किया कि चाहे जो हो जाय, Sunday के दिन वे कोई काम नही करेंगें और एक दूसरे के साथ समय बितायेंगें। अब अनन्या भी बड़ी हो रही थी। अगर अभी से उसे सही रास्ते पर नही लाया गया तो आगे चलकर वह पढ़ाई से दूर जा सकती थी। मनोहर यह बात भली भांती जानता था कि यदि एक बार पढ़ाई के प्रति मन में डर बैठ गया तो फिर बच्चे पढ़ाई से दूर ही होते जाते हैं। इसके विपरीत अगर एक बार पढ़ाई में मजा आने लगा तो बाकी सब खेल बेकार लगने लगते हैं। संयोग से अब तक अनन्या इंटरप्राईजेज का काम भी रास्ते पर आ चुका था और सब कुछ Systematic हो चुका था। अब केवल ऊपर से देख-रेख की जरुरत थी। मनोहर ने एक योग्य मैनेजर नियुक्त कर दिया जो सब कुछ सुचारु रुप से चला रहा था। पर फिर भी मनोहर हमेशा सतर्क रहता क्योंकि काफी मुश्किल से उसने 3 वर्षों में लोगों का विश्वास जमाया था जिसे वह किसी भी कीमत पर खोना नही चाहता था।

अब चौथा साल आ गया। इस साल कई और लोग मनोहर से जुड़ने को तैयार थे। वे लोग जिन्होंने गुस्से में पिछले साल Agreement नही

किया था वे तो बेसब्री से इंतजार कर रहे थे। पर पिछले तीन सालों की तरह ही इस साल भी मनोहर के साथ वही समस्या थी–पूँजी की समस्या। वह और लोन लेना नही चाहता था। लोगों का विश्वास और उत्सुक्ता को देखते हुए मनोहर ने थोड़ा और भार ग्राहकों पर डालने का सोंचा। इस बार उसने ऐसी योजना बनाई कि पूँजी की समस्या हमेशा के लिए खत्म हो जाये और अनन्या इंटरप्राईजेज के कारोबार को बढ़ने में पूँजी की समस्या कभी भी नही आये। उसकी योजना इस प्रकार थी–

- अब ग्राहकों से 3 महीने की जगह 6 महीने का Advance लिया जाये।
- पर इसके साथ ही लोगों को एक और सुविधा दी जाये। तीसरे वर्ष तक Advance की राशि वर्ष के अंत में Adjust किया जाता था। पर अब हर माह में ही Adjust किया जायेगा। अर्थात् 6 महीने का Advance लेने के बाद हर महीने खरीदे गये अनाज का केवल आधा रकम ही ग्राहकों को चुकाना होगा। इससे ग्राहकों की तरफ से उठने वाले सवालों को भी काफी हद तक कम किया जा सकता था।
- किसानों को तय दर का आधा ही रकम शुरु में दिया जायेगा। यह एक बहुत बड़ी चुनौती थी। तय दर तो मार्केट रेट से डेढ़ गुणा से भी ज्यादा था पर तय दर का आधा ही रकम शुरु में देने से काफी किसान तैयार नही हो सकते थे क्योंकि यह रकम मार्केट रेट से कम हो जाती। पर मनोहर के साथ एक बहुत अच्छी बात यह थी कि पिछले 2 सालों में उसने किसानों को वर्ष खत्म होने पर जो उनसे वादा किया था वह रकम चुकाया था। इसलिए किसानों को समझाने से मान जाने की उम्मीद थी।

मनोहर की इस नई योजना का मूल उद्देश्य कुछ इस प्रकार था–अगर ग्राहकों को पूरे साल का अनाज 100 रुपये में दिया जा रहा था तो इस अनाज के लिए किसानों को लगभग 75 रुपये दिये जा रहे

थे। बाकी के 25 रुपये में दूसरे खर्च होते थे। अब यदि ग्राहकों से 6 महीने का आधा रकम यानि 50 रुपये लिये जाने थे तथा किसानों को आधा रकम यानि 37-50 रुपये देने से भी 12-50 रुपये बच रहे थे जिनसे अनाज मंगाने का खर्च तथा और भी दूसरे खर्च हो जाने थे। इस व्यवस्था के आने से पूँजी की समस्या लगभग खत्म हो जानी थी। ग्राहकों से जो रकम मिलना था उसी में से किसानों को देना था। अब अतिरिक्त पूँजी की जरुरत ही नही रह जाती। पर समस्या ग्राहकों तथा किसानों, दोनों को समझाने की थी।

मनोहर यह सब जो कर रहा था, वह अपने निजी स्वार्थ के लिए बिल्कुल भी नही कर रहा था। हाँलाकि उसका उद्देश्य मुनाफा कमाना नही था पर वह घाटे में भी नही रह सकता था क्योंकि इससे अनन्या इंटरप्राईजेज धीरे-धीरे बंद हो जाती। इसलिए वह बहुत ही थोड़ा, 1% का, मार्जिन रखता था। इस मुनाफे को भी वह कभी अपने व्यक्तिगत खर्च में नही लगाता बल्कि अनन्या इंटरप्राईजेज में ही लगे रहने देता।

अभी तक के अपने अनुभव के आधार से मनोहर ने यही सिखा था कि यदि लोगों को स्पष्ट बता दिया जाये तो उन्हें समझाया जा सकता है। इस बार जो भी ग्राहक Agreement करने आये उनसे Agreement करने की जगह मनोहर ने उन्हें एक तारीख तथा जगह दिया जहां वह एक Meeting करना चाहता था। उसका उद्देश्य था कि हर व्यक्ति को एक-एक करके समझाने की जगह सभी को एक साथ ही साथ समझाया जाये। यह आसान होता क्योंकि इस बार लोगों को बहुत कुछ समझाना था। सुविधाओं तथा फायदों को देखते हुए इस बार 1000 से भी ज्यादा लोगों ने अनन्या इंटरप्राईजेज से जुड़ने की इच्छा दिखाई। सभी लोग तय समय पर Meeting स्थल पर आ गये। Meeting एक Open Ground में रखा गया था क्योंकि संख्या ज्यादा थी। कोई सवाल पूछे उससे पहले ही मनोहर ने अपनी योजना बतायी, अपनी मजबूरियाँ बतायीं तथा अपना पूरा हिसाब किताब समझा दिया। अधिकांश को तो समझ में आ गया पर 6 महीने का Advance देने में कई लोग संकोच

कर रहे थे। तब उस व्यक्ति ने खड़ा होकर बोलना शुरु किया जिसने पिछले वर्ष Agreement नही किया था–

"भाईयों पहले दो साल मैने अनन्या इंटरप्राईजेज से ही अनाज खरीदे और मुझे कोई परेशानी नही हुई। आज आप जैसा सोच रहे हैं वैसा ही सोचकर पिछले साल मैं नाराज हो गया था और मैने Agreement नही किया। पिछले साल मैने बाजार से अनाज खरीदे और तब जाकर मुझे समझ आयी कि अनन्या इंटरप्राईजेज से अनाज खरीदने में कितने फायदे हैं। हमें सस्ते दर में घर बैठे सबसे बढ़िया क्वालिटी का अनाज मिलता है। साथ में इन अनाजों को उगाने वाले किसान भी खुशहाल हो रहे हैं। हमें तो पैसा देना ही है, अभी दें या बाद में। पिछले तीन सालों को देखते हुए हम मनोहर पर इतना तो विश्वास कर ही सकते हैं कि वह हमारा पैसा लेकर भागेगा नहीं। अगर आपके मन में मनोहर पर विश्वास है तो मुझे नही लगता कि हमें Agreement करने में कोई घाटा है। बाकी आप खुद ही सोंच लें"

तब एक व्यक्ति ने मनोहर से पूछा–"पहले साल में आपने कोई Advance नही लिया, दूसरे साल में 1 महीने का Advance लिया, तीसरे साल में 3 महीने का Advance लिया और अब आप 6 महीने का Advance मांग रहे हैं।"

मनोहर बोला–"पहले साल में मैने अपनी व्यक्तिगत पूँजी से काम किया तब मेरे साथ सिर्फ 75 लोग जुड़े थे। इसलिए मेरी छोटी से पूँजी से ही काम हो गया। दूसरे साल और लोग जुड़े, तब और पूँजी की आवश्यक्ता पड़ी जिसे मैने कुछ लोन लेकर तथा आप लोगों से 1 महीने का Advance लेकर पूरा किया। तीसरे साल और लोग मुझसे जुड़े तथा और भी अधिक पूँजी की आवश्यकता पड़ी। इसलिए तीसरे साल मैने आप लोगों से 3 महीने का Advance लिया। ऐसा नही है कि बोझ सिर्फ आप पर डाला गया है। इसका बोझ किसानों पर भी डाला गया है। पहले साल उन्हें शुरु में ही पूरा का पूरा तय राशि दे दिया गया था। दूसरे साल

तय राशि का 25% साल के अंत में दिया गया। और तीसरे साल तय राशि का एक तिहाई साल के अंत में दिया गया। अब आगे उन्हें तय राशि का आधी रकम साल पूरा होने के बाद दिया जायेगा।"

एक दूसरे व्यक्ति ने सवाल किया–"तो क्या अगले साल आप 7–8 महीने का Advance मांगेंगें"

मनोहर ने जवाब दिया–"मैने आपको अपना पूरा का पूरा हिसाब बता दिया है कि आपसे लिये गये Advance में से ही किसानों को पेमेंट किया जायेगा तथा दूसरे खर्च भी किये जायेंगें। इसलिए मेरे हिसाब से हमें और पूँजी की आवश्यक्ता नही पड़ेगी और इसलिए मुझे नही लगता कभी भी 6 महीने से ज्यादा की Advance की जरुरत पड़ेगी।"

इस तरह की कुछ सवाल जवाब के बाद अधिकतर लोग मान गये और 1000 से भी ज्यादा लोगों ने अनाज अनन्या इंटरप्राईजेज से खरीदने का Agreement किया। अब बारी थी दूसरी समस्या सुलझाने की यानि किसानों को मनाने की।

जैसे ही किसानों को पता चला कि उन्हें शुरु में तय दर से आधा ही मिलेगा जो कि बाजार रेट से कम होगा, वे तुरंत बिदक गये। पर यहाँ पर काम किया पिछले तीन सालों का विश्वास। हाँलाकि दो साल बहुत कम होते हैं पर फिर भी कम से कम दो साल तक मनोहर ने अपनी बात रखी तो थी। फिर मनोहर ने किसानों को एक सलाह दिया कि वे सारा का सारा अनाज मनोहर को न बेचें। वे अपने अनाज का कुछ हिस्सा मनोहर को दें और बाकि बाजार में बेच दें। यह सलाह किसानों को पसंद आयी। वैसे भी पिछले तीन सालों में उनका मनोहर पर विश्वास काफी बढ़ गया था।

इस तरह से चौथे साल से मनोहर की योजना लगभग पूरी तरह पटरी पर आ गयी और गति भी पकड़ ली। अब कोई समस्या भी नही रह गयी थी। अभी तक की जो सबसे बड़ी समस्या पूँजी की थी उसका Permanent हल मिल गया था। अब एक तरह से मनोहर का सपना

किसी का भी मोहताज नही रह गया था। एक हाथ से पैसा लेकर सीधे दूसरे को देना था। बस जरुरत थी इस व्यवस्था को ठीक ढ़ंग से कायम रखने की।

आज अपने बचपन से लेकर अभी तक की सारी घटनायें मनोहर के आँखों के सामने आ गयीं। आज उसे संतुष्टी थी कि अब बिचौलियों को हटाने का उसका सपना पूरा हो जायेगा। किसानों से बात करने के बाद मुम्बई वापस लौटते ही उसने अनन्या इंटरप्राईजेज को नये ढंग से व्यवस्थित किया। अभी तक वह स्वयं ही पूरे Business को देख रहा था। पर अब वह अपनी जिम्मेदारियां औरों के बीच बांटना चाहता था। इसलिए उसने पूरी व्यवस्था को दो भागों में बांटा–

- Operation Department
- Inspection Complain and Monitoring Department

Operation Department का काम था अनाज को खरीदने से लेकर ग्राहकों तक सही सलामत पहुँचाने की। इसका Head एक अलग व्यक्ति था जिसे Operation Head नाम दिया गया। Inspection Complain and Monitoring Department का काम था Operation Department के काम काज पर नजर रखना, अगर वे अपने System से थोड़ा भी भटके तो उन्हें चेतावनी देना, Customer Service के Quality और Timing पर नजर रखना और ग्राहकों के शिकायतों पर ध्यान देना। इस विभाग का Head एक अलग व्यक्ति था जिसे ICM Head नाम दिया गया। ICM Head को Operation Head से ज्यादा Power दिये गये। अगर वह जरुरी समझता तो किसी को भी हटा सकता था।

इसके अतिरिक्त मनोहर ने एक 10 व्यक्तियों की कमिटी भी बनायी जिसमें सभी के सभी आम ग्राहक थे। इस कमिटी के सदस्य हर साल बदल जाने थे। मनोहर ने तय किया कि हर महीने वह इन लोगों से एक मीटिंग करेगा ताकि कोई भी नई समस्या या शिकायत का पता

सीधे उसे चल सके। इसके अतिरिक्त वह ICM Head तथा Operation Head से भी Regular Basis पर Report लेता रहेगा।

इस नई व्यवस्था से अनन्या इंटरप्राईजेज के कर्मचारी और अधिक लगन से काम करने लगे। मनोहर का टेंशन अब थोड़ा कम हुआ। अब उसे कुछ लोगों पर ही नजर रखनी थी। वह चाहता था कि धीरे-धीरे अपनी जिम्मेदारियां और कम करे। चौथे साल का काम काज शुरु हुआ तथा पहले की तुलना में ग्राहक सेवा और भी बेहतर हुई। हमने कई बार देखा है कि कोई भी संस्था जैसे-जैसे बढ़ती है उसके गुणवत्ता में कमी आती जाती है और जिसके वजह से लोगों का Satisfaction Level कम होता जाता है। पर मनोहर ने ऐसा बिल्कुल भी नही होने दिया। अब Customer Service पहले से और भी बेहतर हो गयी थी।

चौथे साल खत्म होते-होते अनन्या इंटरप्राईजेज पूरे मुम्बई में प्रसिद्ध हो गयी। अब बहुत से लोग उससे जुड़ना चाह रहे थे। जैसा कि मनोहर ने पहले कहा था, पांचवे साल से Advance Amount में कोई वृद्धि नही की गयी। इससे लोगों का विश्वास और प्रगाढ़ हो गया। किसानों को भी वर्ष पूरा होने पर जो वादा किया गया था, वह रकम दे दिया गया। इससे उन्हें भी भरोसा हो गया कि मनोहर उनके साथ धोखा नही करेगा।

पांचवे वर्ष से ग्राहकों की संख्या में काफी तीव्र गति से बढ़ोत्तरी हुई। 8 साल पूरा होते-होते ग्राहकों की संख्या लाखों में थी। उधर अब किसानों में अनन्या इंटरप्राईजेज से जुड़ने की होड़ लगी थी। अब सब के सब अनन्या इंटरप्राईजेज से जुड़ना चाह रहे थे।

अनन्या इंटरप्राईजेज के आगे बढ़ने से किसानों के साथ-साथ आम लोगों को भी एक बहुत बड़ा फायदा मिल रहा था और वह था कालाबाजारी से मुक्ति। पहले अनाजों के कई बड़े बिचौलिए अनाजों को अपने गोदामों में रोककर उसकी कृत्रिम कमी पैदा कर देते थे। इससे मार्केट में उन अनाजों की कीमत बेतहाशा बढ़ जाती थी और तब वे

बिचौलिए उसी अनाज को काफी ऊची दाम पर बेचते थे। इससे उन्हें कई गुणा अधिक मुनाफा होता था। पर अब ये सब बंद हो रहा था।

वैसे तो हम सभी ने कई व्यक्तियों से सुना है कि फला व्यक्ति पूरा ईमानदार है और सच्चाई की राह पर चलता है। पर वास्तव में असल ईमानदार वही है जो मौका मिलने पर भी बेईमानी और भ्रष्टाचार के रास्ते पर न जाये। मनोहर ने केवल 75 परिवारों से अपना व्यवसाय शुरु किया था जो आज एक लाख से भी पार कर गया था। कारोबार अब अरबों में पहुँच गया था। पूरी की पूरी पूँजी ग्राहकों की ही लगी थी। यदि मनोहर चाहता तो 1% का मुनाफा भी अपने व्यक्तिगत फायदे के लिए इस्तेमाल कर सकता था जो कि करोड़ों में होता। अर्थात अब मनोहर बैठे-बैठे करोड़ों रुपये कमा सकता था। पर वह इमान का पक्का था। अनन्या इंटरप्राईजेज को जो भी मुनाफा होता उसे मनोहर किसानों में ही बांट देता। कभी भी अनन्या इंटरप्राईजेज के मुनाफे का इस्तेमाल वह अपने निजी स्वार्थ के लिए नही करता।

अब मनोहर ने अपनी जिम्मेदारियां और कम कर लीं। अब उसने एक स्थाई कमीटी बनाई जिसके सदस्यों को उसने मुम्बई के कोने-कोने से चुना। ये सदस्य सरकारी संस्थाओं से सेवानिवृत वैसे कर्मचारी थे जिन्होंने जीवनभर जिम्मेदारी के पद पर अपना पूरा काम ईमानदारी तथा सुझबुझ से किया। अब यही स्थाई कमीटी के सदस्य अनन्या इंटरप्राईजेज के काम-काज पर नजर रखते थे। मनोहर अब पूरी तरह से अनन्या इंटरप्राईजेज से हट जाना चाहता था। उसकी इच्छा थी कि किसानों और ग्राहकों को सीधे-सीधे एक दूसरे से जोड़ दिया जाये और बिचौलियों को हटा दिया जाये। मनोहर को अब विश्वास हो गया था कि बिचौलियों को हटाने का उसका बचपन का सपना पूरा हो जायेगा। अब सब कुछ स्थाई कमेटी के देख-रेख में हो रही थी और इसलिए मनोहर अब पूरी तरह से अनन्या इंटरप्राईजेज से बाहर हो जाना चाहता था। पर लोगों ने उसे जाने नही दिया और स्थाई कमीटी का Head उसे ही बनाकर रखा। पर फिर भी उसकी जिम्मेदारियां काफी कम हो गयीं थी।

उस दिन राधिका हॉस्पिटल में व्यस्त थी। अचानक एक व्यक्ति एक 10-12 साल के बच्चे को हॉस्पिटल में लेकर आया। बच्चे का बुरी तरह से एक्सीडेंट हुआ था और वह बेहोश था। उसे लाने वाले व्यक्ति ने बताया कि किसी कार वाले ने उस बच्चे को टक्कर मार दिया है। बच्चा काफी देर से सड़क किनारे पड़ा था। जब उसकी नजर उस पर पड़ी तो वह उसे हॉस्पिटल ले आया। उस व्यक्ति ने अपना नाम किशोर बताया। राधिका ने उस बच्चे का फौरन इलाज शुरु कर दिया। शायद किशोर नाम के उस व्यक्ति ने उस बच्चे को सही समय पर हॉस्पिटल ले आया था। खून काफी बह चुका था। अगर थोड़ी और देर हो जाती तो हालत बिगड़ सकती थी। पैर तथा हाँथ में फ्रैक्चर के अलावा सर में भी थोड़ी चोट लगी थी। पर सब कुछ नियंत्रण में था। बच्चे के जेब में उसके पिता का मोबाईल नम्बर था। उसे बुलाया गया। थोड़ी देर में ही वह भागता हुआ आ गया। देखने से वह काफी पैसे वाला लग रहा था। आते ही उसने अपने बेटे के बारे में पूछा–"कैसा है मेरा बेटा राहुल?"

राधिका ने बैठने का इशारा करते हुए कहा–अब बिल्कुल ठीक है, खतरे की कोई बात नही है।

"आप लोगों का बहुत-बहुत धन्यवाद जो आपने समय रहते इलाज शुरु कर दिया।"

"हमने तो सिर्फ अपना काम किय है। धन्यवाद तो आपको उस व्यक्ति को देना चाहिए जिसने समय पर आपके बेटे को हमारे पास पहुंचा दिया। अगर 10-15 मिनट और देर हो जाती तो हालत बिगड़ सकती थी।"

"कौन है वह, मै उससे मिलना चाहता हूँ और इनाम देना चाहता हूँ।"

राधिका को यह इनाम वाली बात अच्छी नही लगी। फिर भी उसने ज्यादा बात करना उचित नही समझा। इसलिए उसने उसे सीधा उस

किशोर नाम के व्यक्ति के पास भेज दिया–"वहाँ कुर्सी पर बैठे हैं। जाईये इनाम दे दीजिये।"

वह व्यक्ति बाहर आते ही जैसे चिल्लाते हुए बोला–"यहाँ पर किशोर कौन हैं जिन्होंने मेरे बेटे को बचाया है।"

एक व्यक्ति खड़ा हुआ और धीरे से बोला–"मैने आपके बेटे को हॉस्पिटल पहुंचाया था। क्या इनाम देना चाहते हैं आप मुझे?"

पर जैसे ही उसने किशोर नाम के व्यक्ति को देखा, वह सन्न रह गया। किशोर भी अपने जगह पर खड़ा था। कोई भी आगे नही बढ़ा। थोड़ी देर तक दोनों एक दूसरे को बस गौर से देखते रहे। फिर किशोर ने थोड़ी व्यंग्यता से कहा–"तो ये आपका बेटा है मि. विशाल, इतने बड़े बिजनेस विशाल कॉटन के मालिक।"

यह वही विशाल था जिसने कभी मनोहर को धोखा देने की कोशिश की थी और उससे पहले अपने मित्र किशोर को धोखा दिया था। आज उसी किशोर ने उसके बेटे को बचाया था। विशाल जैसे मूर्ति बन गया हो, वह एक दम से वहाँ खड़ा था। उसे समझ में नही आ रहा था कि वह क्या करे। आज वक्त ने उसे बहुत बड़ा तमाचा मारा था। किशोर वहां से जाने लगा। अब विशाल को लगा यदि उसने तुरंत कुछ नही किया तो देर हो जायेगी। वह भागता हुआ किशोर के पास गया और गिड़गिड़ाता हुआ बोला–"मुझे माफ कर दो किशोर। मैने तुम्हारे साथ बहुत बुरा किया था और आज तुमने मेरे बेटे को बचाया है।"

किशोर ने फिर व्यंग्य कसते हुए कहा–"आप तो साहब मुझे कुछ इनाम देना चाहते थे। बताइये क्या इनाम दे रहे हैं। आज आपके पास जो कुछ भी है वह मेरे ही बदौलत है। तो मेरे ही पैसे में से मुझे क्या इनाम देंगें।"

मनोहर के साथ हुई घटना के समय से ही विशाल थोड़ा बदल गया था। पर आज तो जैसे आज उसके अन्दर के सारे बुराईयों के अंत का दिन था। वह हाँथ जोड़ते हुए बोला–"मित्र मुझे माफ कर दो। आज मुझे

एहसास हो गया कि धन–दौलत जीवन में कुछ भी नही हैं। इनके लिए रिश्ते–नातों को नही खत्म करना चाहिए। तुमने सही कहा, ये सब जो आज मै हूँ वह तुम्हारी ही बदौलत हूँ। पर अब मै सचमुच बदल गया हूँ, मुझे एक मौका दो।"

किशोर ने मुस्कराते हुए कहा–"चलो देखते हैं कितना बदल गये हो। अभी तो अपने बेटे को देखो"

यह कहकर किशोर जाने लगा। विशाल ने उसे रोका–"यार अपना पता तो देते जाओ, मै तुमसे मिलूंगा कहां?"

"अरे हाँ भई तुम मुझसे मिलोगे कहाँ। ये लो मेरा पता"

यह कहकर किशोर ने कलम और कागज का एक टुकड़ा निकाला और पता लिखकर विशाल को दे दिया। विशाल ने कुछ निर्णय लिया था। पर अभी वह अपने बेटे को लेकर चिंतित था। थोड़ी देर में उसके बेटे को होश आ गया और डाक्टरों ने उसे 3–4 दिन बाद घर ले जाने के लिए भी कह दिया।

जब विशाल अपने बेटे को घर ले आया तबतक उसने किशोर को लेकर फैसला कर लिया था। उसे अपनी गलती का एहसास था और वह कर्जमुक्त होना चाहता था। विशाल कॉटन में आज वह और सामंत बराबर के हिस्सेदार थे। आज उसे एहसास हो रहा था कि यदि वह किशोर को भी अपने साथ रखता तो आज उसके और सामंत के पास जो भी था उसमें से कुछ हिस्सा किशोर का भी होता पर सिर्फ कुछ हिस्सा ही होता। अधिक धनवान बनने के लालच में उसने किशोर से छल किया था। अगर उसने किशोर को भी अपने साथ रखा होता तो आज उसके पास जो कुछ भी था उतना न होकर कुछ कम होता पर तब भी काफी होता। ये सब रुपये पैसे किस काम के। यदि किशोर ने वक्त पर उसके बेटे को हॉस्पिटल नही पहुंचाया होता तो आज उसका एकलौता बेटा हो सकता है इस दुनिया में नही होता। अब वह किशोर को उसका हिस्सा वापस देना चाहता था। उसने सामंत से बात की।

सामंत इसके लिए राजी नही हुआ। विशाल वैसे भी सामंत से खुश नही था। किशोर से धोखा करने की सलाह सामंत ने ही दिया था। विशाल ने सामंत को अपने बिजनेस में से ही निकाल दिया। वैसे भी हमें अपने जीवन में गलत राह तथा अनीति पर चलने की सलाह देने वालों से दूर ही रहना चाहिए। कई बार हमें पता नही होता कि हम जिसके साथ हैं वह अच्छा आदमी नही है। पर जब हमें पता चल जाये तब हमें उसका साथ अवश्य छोड़ देना चाहिए।

विशाल जब किशोर के बताये पते पर पहुंचा तो पता चला कि किशोर ने तो उसे पता ही गलत दिया था। उस पते पर किशोर नाम का कोई भी आदमी नही रहता था। किशोर ने ऐसा क्यों किया। शायद वह विशाल से काफी नाराज था और उससे मिलना भी नही चाहता था। विशाल जानता था कि किशोर का गुस्सा जायज था। इसलिए उसने तुरंत इस बात पर सोंचना शुरु किया कि किस तरह किशोर का सही पता मालूम किया जाये। हॉस्पिटल और पुलिस स्टेशन में किसी ने भी किशोर का पता नही लिया था। अब विशाल सोंचने लगा कि और कहां से किशोर का पता मिल सकता है। उसने अपने ऑफिस से तब के पेपर निकाले जब उसने किशोर के साथ मिलकर बिजनेस की शुरुआत की थी। काफी मशक्कत के बाद किशोर के गाँव का पता मिला। मुम्बई का जो पता उसमें मिला उसपर भी किशोर नही मिला। लेकिन विशाल किसी भी तरह कर्जमुक्त होना चाहता था, इसलिए उसने किशोर के गाँव जाने का फैसला किया। वहां से उसे उसके मुम्बई का वर्तमान पता मिला।

वर्तमान पता मिलते ही विशाल फौरन किशोर से मिलने जा पहुंचा। शाम का समय था। किशोर एक पुराने से किराये के घर में रहता था। मोहल्ला देखकर साफ जाहिर था कि उसकी आमदनी बहुत अच्छी नही थी। घर का दरवाजा उसकी पत्नी ने खोला। विशाल ने उसे फौरन पहचान लिया–“नमस्ते भाभी जी”

विशाल की पत्नी ने चौंकते हुए कहा–"आप! यहाँ कैसे।"

विशाल ने नजरें झुकाते हुए कहा - "बस आप लोगों को खोजते हुए आ गया"

विशाल की आवाज सुनकर किशोर भी आ गया–"अरे वाह इतने बड़े आदमी हमारे घर आये हैं।"

विशाल तो दृढ़ निश्चय के साथ आया था। इसलिए उसने सीधे कहा–"भाई, पहले अन्दर तो आने दो। बहुत मुश्किल से तुम्हारा पता खोज पाया हूँ।"

किशोर ने अनमने मन से कहा–"आओ बैठो"

घर छोटा था। एक ही कमरा था और एक किचन। किशोर की पत्नी किचन में चली गयी। विशाल कमरे में रखी एक कुर्सी पर बैठ गया। शिकायत भरी अंदाज में उसने कहा–"यार तुमने तो अपना पता ही गलत दिया था"

"हाँ, मैने जान-बुझकर पता गलत दिया था"

"क्यों?"

"तुमने इनाम देने की बात कही थी न, मैं देखना चाहता था कि तुम्हारे अन्दर कितनी इच्छाशक्ति है।"

"तुम्हारा गुस्सा जायज है। पर मैं तुम्हे इनाम नही देना चाहता।"

किशोर चुप रहा। वह केवल विशाल को गौर से देख रहा था।

विशाल ने आगे कहा "मैं तुम्हे तुम्हारा हक देना चाहता हूँ।"

"कैसा हक"

"वही जिसके तुम हकदार हो। विशाल कॉटन में तुम्हारा हिस्सा और वह भी शुरु से लेकर अबतक। मतलब यदि तुम शुरु से साथ रहते तो जितने रुपये तुम्हे मिलते उतनी मैं तुम्हे देना चाहता हूँ और साथ में विशाल कॉटन में बराबर की भागेदारी।"

किशोर ने बिना कोई प्रसन्नता के भाव दिखाये कहा–"और कल तुम फिर मुझे निकाल दोगे, जैसा पहले किया था"

"अगर तुम्हें ऐसा लगता है तो तुम अपना हिस्सा लेकर अलग हो जाओ। मैं तुम्हे तुम्हारा पूरा पैसा दे दूंगा। और अगर मुझे यही करना होता तो मैं इतनी परेशानी मोल लेकर तुम्हारा पता खोजकर क्यों तुमसे मिलने आता"

किशोर को भी लगा कि विशाल के इस बात में दम है। वह सर झुकाये कुछ सोंच रहा था। विशाल ने विनम्रता से कहा–"मुझे पता है, मैने गलती की है। अब मैं उसका पश्चाताप करना चाहता हूँ। मुझे एक मौका दो। जो बित गया उसे तो मैं लौटाकर वापस नही ला सकता पर मैं अपनी गलती सुधार जरुर सकता हूँ।"

किशोर अब भी चुप था। विशाल ने हाथ जोड़कर कहा–"अब माफ कर दो न यार। कहो तो मैं तुम्हारे पांव ही पकड़ लूँ"

यह कहकर विशाल किशोर की तरफ उसके पांव पकड़ने के लिए दौड़ा। पर किशोर ने उसे पकड़ लिया और गले से लगा लिया। दोनो मित्र गले लगकर रोने लगे। दोनों ही के मन से अब सारे मैल धुल चुके थे। सारे गिले-शिकवे दूर हो गये थे।

विशाल ने अपने बैग से चेक निकाला और उसे किशोर को दे दिया। चेक 200 करोड़ रुपये की थी। किशोर को विश्वास नही हुआ। वह कभी चेक को देखता तो कभी विशाल को। विशाल ने आंसू पोछते हुए कहा–"तुमने जो एक बीज रोपी थी आज वह एक विशाल पेड़ बन चुका है। और यह तुम्हारा शेयर है।"

तभी किशोर की पत्नी दोनो के लिए पानी लेकर आयी। विशाल ने पानी लेते हुए कहा–"अब मैं कह सकता हूँ ये रहा तुम्हारा इनाम"

विशाल ने मजाक किया था। किशोर ने सिर्फ मुस्करा दिया। कुछ देर बाद किशोर के दोनों बच्चे भी आ गये। बेटा बड़ा था, लगभग 15-16 साल का और बेटी छोटी थी 8-10 साल की। थोड़ी देर तक सभी

इधर-उधर की बातें करते रहें, पुरानी यादें ताजा करते रहे, आगे की योजना बनाते रहे। फिर विशाल वहां से वापस आ गया।

वापस लौटते समय विशाल काफी खुश था। आज वह अपने आप को कर्जमुक्त महसूस कर रहा था। अब धन-दौलत से उसका मोह भंग हो चुका था। आज उसे मनोहर याद आ रहा था। वह भगवान को धन्यवाद दे रहा था कि मनोहर उसके झांसे में नही आया अन्यथा आज मनोहर जो देश तथा समाज के लिए कर रहा था वह नही कर पाता। अब वह मनोहर से मिलना चाहता था।

आज संडे का दिन था। मनोहर अभी-अभी नहा-धोकर पेपर पढ़ने बैठा था। तभी डोर बेल बजी। मनोहर ने ही दरवाजा खोला। सामने खड़े आदमी को देखकर वह अचंभित था क्योंकि वह कोई और नही बल्कि विशाल कॉटन का मालिक विशाल था। वही विशाल जिसने कभी उसे धोखा देने की कोशीश की थी पर सफल नही हो पाया था। पर वह आज यहाँ क्यों आया था। मनोहर ने आश्चर्य से पूछा-"विशाल साहब आप यहाँ।"

विशाल ने मुस्कराते हुए कहा "लगता है आप मुझे भुले नहीं। बस आज मै आपसे मिलने आया हूँ"

"आइये, बैठिये"

विशाल अन्दर आ गया और सोफे पर बैठ गया। मनोहर ने पूछा-"कहिए यहाँ कैसे आना हुआ"

"आपकी कही बातें याद आ रही थीं। आपने ठीक कहा था, रुपये-पैसे बस एक सीमा तक ही उपयोगी हैं। ये तो इसी दुनिया में रह जायेंगें।"

"ये आज अचानक क्या हो गया आपको"

"आज अचानक नहीं, जब आपने आखिरी बार मेरे गलत इरादों को मेरे सामने लाये थे, मैं तभी से दुविधा में था पर रुपये-पैसे का मोह छोड़

नही पा रहा था। पिछले साल मुझे आपके बारे में पता चला। आपने इस नेक काम के लिए मेरा सहयोग मांगा था और इसमें भी मैं अपना स्वार्थ साधने की कोशिश करने लगा था। तब से मैं अपने आपको कोस रहा था। परंतु जब पिछले महीने मेरे इकलौते बेटे का एक्सीडेंट हुआ और उसकी जान मेरे उसी मित्र किशोर ने बचाई जिसके साथ मैने धोखा किया था तब से मुझे रुपये पैसे का मोह खत्म हो गया।"

"तो फिर आपने अपने उस पुराने मित्र किशोर का क्या किया?"

"मैने उसका पूरा हक लौटा दिया। अभी तक वह जितने रुपयों का मालिक होता मैने उसे पूरा उतना लौटा दिया।"

"चलिए अच्छा किया आपने। लेकिन ये सब आप मुझे क्यों बता रहे हैं।"

"आप पहले मेरे पास नेक काम में सहयोग मांगने आये थे पर तब मेरे इरादे कुछ और थे। आज जब मुझे अपने गलती का एहसास हो गया है तो मैं इसका पश्चाताप करना चाहता हूँ। मेरे पास आज जो भी है मैं उसे आपके अनन्या ईंटरप्राईजेज में लगाना चाहता हूँ। कृपया ये चेक रखकर मुझे कृतार्थ कीजिए।"

ये कहकर विशाल ने 195 करोड़ रुपये का चेक मनोहर को दे दिया। इतनी बड़ी रकम की चेक देखकर मनोहर भी आश्चर्यचकित था। उसने विशाल से पूछा–"इतनी बड़ी रकम!"

"अब मैं अपने पास कुछ नही रखना चाहता, आप इसे समाज कल्याण में ही लगा दीजिए।"

"परंतु यदि अपना सारा रुपया आप हमें दे देंगें तो आपका परिवार कैसे चलेगा।"

"उसके लिये मैने 5 करोड़ रुपये रख लिए हैं। मैने सीख लिया है कि आदमी को अपनी इच्छाओं को सीमित रखना चाहिए क्योंकि इसका अंत नहीं। वैसे मैने रखे हैं 5 करोड़ रुपये पर मैं रहूंगा एक आम आदमी की तरह। बस जितनी जरुरत होगी उतनी ही खर्च करुंगा।"

तभी राधिका भी वहां आ गयी। उसने तुरंत विशाल को पहचान लिया–"अरे आप यहां?"

"अरे डॉक्टर साहब आप यहां?"

"ये मेरा घर है, पर आप यहां कैसे?"

बीच में मनोहर ने टोकते हुए कहा–"आप लोग एक दूसरे को जानते हैं"

विशाल ने जवाब दिया–"इन्होंने ही तो मेरे बेटे का इलाज किया था। ये शायद आपकी पत्नी है। नमस्ते मैडम। आप शायद मुझे नही पहचानतीं। मैं विशाल हूँ, विशाल कॉटन का मालिक। अब आपने मुझे पहचान लिया होगा"

"वही विशाल जिसने इनको धोखा देने की कोशिश की थी?"

"जी मैडम वही विशाल। पर अब मैं बदल चुका हूँ। उस दिन जिसने मेरे बेटे को बचाया वह कोई और नही मेरा ही पुराना मित्र किशोर था जिसके साथ मैने धोखा किया था। उसके बाद से मेरी आँखें खुल गयीं। मैने किशोर को भी उसका पूरा हक दे दिया और मेरे पास जो कुछ भी था उसमें से अपने खर्च के लिए कुछ रखकर सारा रुपया मनोहर जी को अनन्या ईंटरप्राईजेज में लगाने के लिए दे दिया ताकि देश के किसानों को और जल्दी मदद पहुंचाया जा सके।"

राधिका ने मनोहर की तरफ देखा। मनोहर ने हाँ में सिर हिलाया और विशाल से कहा–"अच्छा लगता है जब लोग साथ देते हैं। पर आप एक बार फिर से सोंच लीजिए, आप इतनी बड़ी रकम दे रहे हैं।"

"अब दूबारा सोंचने के लिए मत कहिए। मैने जो कुछ भी किया है अपने पूरे होसो–हवास में किया है और सब कुछ सोंच विचारकर किया है"

"ये तो आप अदालत वाली भाषा बोल रहे हैं।" मनोहर ने कहा और हंसने लगा।

इसके बाद मनोहर ने विशाल को अनन्या ईंटरप्राईजेज के काम-काज के तौर तरीकों के बारे में बताया। काफी देर तक बातें होती रहीं। फिर विशाल अनन्या ईंटरप्राईजेज के दफ्तर भी गया और सारी व्यवस्था देखकर काफी प्रसन्न हुआ।

बाद में विशाल ने किशोर को भी बताया कि उसने अपना सारा रुपया अनन्या ईंटरप्राईजेज में दान कर दिया है। इससे किशोर भी काफी प्रभावित हुआ। अनन्या ईंटरप्राईजेज का काम काज देखने के बाद उसने भी अपने खर्च के लिए जरुरतभर रखकर बाकी सारा रुपया दान कर दिया। इससे मनोहर को काफी पूँजी मिल गयी और वह अब अपना काम और तेजी से करने लगा।

इसके बाद मनोहर ने धीरे-धीरे देश के हर छोटे-बड़े शहर तथा हर कस्बे में अपना दफ्तर खोला तथा काम चालू किया। किसी भी शहर में बस अपनी Activity चालू करने की देर थी कि वहाँ के अधिकतर लोग अनन्या इंटरप्राईजेज से जुड़ जाते। साथ ही मनोहर ने देश के हर राज्य के किसानों से अनाज खरीदना चालू कर दिया। अब किसानों की आमदनी भी बढ़ गयी जिससे उनका रहन-सहन का स्तर अब पहले से ऊँचा उठ गया। कई लोग जो खेती छोड़ कर शहरों मे मजदूरी करने लगे थे वे भी अब वापस गाँव आकर खेती करने लगे।

और 5-6 साल खत्म होते-होते मनोहर अपने साथ देश के 80% से ज्यादा लोगों को जोड़ चुका था और साथ में सभी किसानों को। कहने को तो वह इतने लोगों को अपने साथ जोड़ चुका था पर वास्तव में उसने अनाज के उत्पादक तथा उपभोक्ता को एक दूसरे के साथ सीधे-सीधे जोड़ दिया था।

यह मुकाम हासिल करने में मनोहर को कई मुश्किलों का सामना करना पड़ा। पूँजी की समस्या, अनन्या इंटरप्राईजेज के काम-काज की Monitoring करना, लोगों को समझाना और अपने साथ जोड़ना, ये सब तो थे ही पर साथ में बिचौलियों ने भी इसका काफी विरोध किया

क्योंकि उनका पूरा धंधा बंद होने वाला था। उन्होंने कई तरीके से मनोहर को बदनाम करने की कोशिश की, पर सफल नही हुए। कई बड़े व्यापारियों ने भी मनोहर का खुल कर समर्थन किया, जिसमें विशाल तथा किशोर सबसे आगे थे, क्योंकि वे जानते थे कि मनोहर जो भी कर रहा है, देश हित में कर रहा है। कई समाज सेवी संस्थानों ने भी मनोहर का साथ दिया। राधिका हमेशा मनोहर का मनोबल बढ़ाती रही जिससे कभी भी मनोहर डरा नही और अपने सपने को साकार किया।

इसके अतिरिक्त मनोहर ने किसानों के लिए और भी कई कल्याणकारी काम किया। पहले किसान लोग अपने फसलों का बिमा नही करवाते थे। पर अब मनोहर ने उनके फसलों का बीमा करवाना शुरु कर दिया। शायद ही कोई किसान अपने जीवन का बीमा करवाता होगा जबकि उसे भी पता है कि यदि उसे कुछ हो गया तो उसके परिवार का हालत क्या होगा। मनोहर ने अपने साथ जुड़े सभी किसानों का ग्रुप Insurance करवा दिया जिससे किसी भी किसान की अकस्मात् मृत्यु होने पर उसके परिवार वालों को अच्छी-खाशी रकम मिल जाती और वे किसी के मोहताज नही रहते। इसके अतिरिक्त खेती के लिए प्रयोगशालायें भी बनवाई और खेती के नये तरीके लोगों को बताये। एक साथ एक ग्रुप में रहने के यही सब तो फायदे हैं।

अब मनोहर शुकुन की जिंदगी जी रहा था। अनन्या इंटरप्राईजेज अब अपने-आप ही दिन दोगुनी और रात चौगुनी विकास कर रही थी। कहाँ नये ऑफिस खोलने हैं, कहाँ नये गोडाउन बनाने हैं, किस नये क्षेत्र में काम शुरु करना है ये सब अब अनन्या इंटरप्राईजेज के ही उच्च अधिकारी देख रहे थे। एक तरह से अब मनोहर को आराम हो गया था।

पर दूसरों की चिंता करने वाले को आराम कहाँ। वे कुछ न कुछ नया काम ढूंढ़ ही लेते हैं। एक बार इसी तरह मनोहर टीवी में स्वदेश फिल्म देख रहा था। फिल्म का एक दृश्य उसे काफी प्रभावित कर

गया। फिल्म में एक 8-10 साल का बच्चा एक छोटे से प्लेटफार्म पर सिर्फ कुछ पैसों के लिए पानी बेचता है। फिल्म का नायक शाहरुख खान प्यास न रहते हुए भी पानी खरीद लेता है। ट्रेन चलने लगती है और वह बच्चा पैसे गिनने लगता है। शाहरुख खान कुछ फैसला करता है। वह अमेरिका के नासा में नौकरी छोड़कर भारत में ही रहने लगता है। हमारे देश में ऐसे सैकड़ों बच्चे हैं जो अपना बचपन भुलकर पेट भरने में लग जाते हैं। जबकि बचपन तो खेलने और आनन्द लेने के लिए होता है। किसानों को उनका हक दिला देने के बाद मनोहर का हौसला काफी बढ़ चुका था। पूरे देश में लोग उसे जान चुके थे। कई राजनीतिक दल उसे अपने साथ आने का निमंत्रण दे चुके थे। पर मनोहर राजनीति से दूर ही रहना चाहता था। इसलिए उसने सभी नेताओं को दूर से ही सलाम किया।

अब मनोहर हमेशा इस सोंच में रहने लगा कि लोगों का जीवन स्तर और कैसे सुधरेगा। काफी सोंच विचारकर वह इस नतीजे पर पहुँचा कि हमारे देश के पिछड़ेपन तथा गरीबी की एक बड़ी वजह अशिक्षा भी है। अगर लोग शिक्षित हो जायें तो वे कोई न कोई रोजगार ढूंढ़ ही लेते हैं और अपना जीवन स्तर भी सुधार लेते हैं। सबसे बड़ी बात यह है कि यदि सब शिक्षित हो जायें तो वे एक अच्छे नेता तथा अच्छी सरकार को चुनेंगें जिससे देश का तीव्र गति से विकास होगा। पर आज अच्छी शिक्षा काफी महंगी हो गयी है। सरकारी स्कूलों में शिक्षा का स्तर काफी नीचे है। प्राईवेट स्कूलों में बच्चों को पढ़ाना काफी महंगा है। फिर सभी को अच्छी शिक्षा कैसे दी जाय। मनोहर ने इसके लिए भी एक योजना बनाई। योजना कुछ इस तरह थी–

(1) मनोहर को बचपन में अपने हेडमास्टर साहब की कही बात याद आयी कि हर व्यापार में अर्थशास्त्र का सिद्धांत लागू होता है कि किसी भी वस्तु की मांग यदि उत्पादन से अधिक होगी तो उस वस्तु की कीमत बढ़ेगी और अगर उत्पादन मांग से ज्यादा होगी तो उस वस्तु की कीमत घटेगी।

(2) मनोहर ने इसी सिद्धांत को शिक्षा में भी लागू करने की योजना बनाई। आज अच्छी शिक्षा इस लिए महंगी है कि अच्छी शिक्षा देने वाले स्कूल काफी कम हैं। यदि ऐसे स्कूलों की संख्या बढ़ा दी जाये तो कंपटीशन में शिक्षा का खर्च स्कूल अपने आप कम करेंगें।

(3) अर्थात् यदि अच्छी शिक्षा सस्ती तथा सभी के बजट के भीतर लानी है तो स्कूलों की संख्या बढ़ानी होगी।

(4) सरकारी स्कूल के शिक्षक बच्चों को उतनी लगन से नही पढ़ाते जितनी लगन से प्राईवेट स्कूल के शिक्षक पढ़ाते हैं। इसलिए यदि स्कूल प्राईवेट संस्थान चलायें तो परिणाम ज्यादा बेहतर होंगें।

योजना तो मनोहर ने फिर से पूरी पुख्ता बना ली पर जिस तरह उसने किसानों के लिए किया उस तरह वह इस योजना को लागू नही कर सकता था क्योंकि इस बार काफी पूँजी की जरुरत थी और साथ में यह पूँजी स्थायी तौर पर लगनी थी। अनन्या इंटरप्राईजेज में पूँजी कुछ समय के लिए लगती थी और फिर निकल आती थी। पर यहाँ एक स्थायी पूँजी की आवश्यकता थी और इतनी बड़ी पूँजी केवल एक ही लगा सकता था और वह थी भारत सरकार। सरकार के पास पूँजी की कमी नही होती। वही विकास की योजनायें लागू कर सकती थी। पर मनोहर पहले भी नेताओं से मिल चुका था और उसे पता था कि नेता तथा मंत्री लोग कुछ नही करेंगें। काफी सोंच विचारकर उसने स्वयं राजनीति में जाने का फैसला किया। यह सुनते ही राधिका सीधे उखड़ गयी–"क्या! राजनीति में जाओगे"

"हाँ, काफी सोंच विचारकर मैने ये फैसला किया है।"

"सोंच विचार कर या नशे में। कोई भी समझदार आदमी राजनीति में जाने कि सोंचता है?"

"तो तुम कहना चाहती हो कि गांधी, नेहरु, पटेल सब मूर्ख थे?"

"तुम कहाँ इतनी पुरानी बात करने लगे।"

"माहौल तब भी वही था जो आज है। हाँ बस आज कहने को हमारा देश आजाद है। लेकिन इतने सालों में नेताओं ने किया क्या है देश के लिए?"

"तो तुम क्या सब नेताओं को सुधारोगे।"

मनोहर ने राधिका को समझाते हुए कहा–"मै नेताओं को नही सुधार सकता और न ही पूरे देश को। मैं तो सिर्फ लोगों को ऐसा बना देना चाहता हूँ कि वे समझ पायें कि क्या गलत है और क्या सही ताकि नेता उन्हें ठग न पायें। उन्हें धर्म या जात के नाम पर बांटा न जा सके।"

"तुम्हें नही लगता कि तुम खुली आँख से सपना देख रहे हो। हमारे देश के अधिकतर व्यक्ति का विचार संकुचित है तभी तो वे नेताओं की बातों में आ जाते हैं।"

"इसी को तो ठीक करना है।"

"मुझे नही लगता यह संभव है।"

"तुम आज से 15 साल पहले को याद करो। तब क्या लगता था कि हम बिचौलियों से किसानों को मुक्त करा पायेंगें। पर यह सब संभव हो गया। आज किसानों और आम लोगों के बीच बिचौलिये नही हैं।"

राधिका उदास हो कर बोली–"पर जो राजनीति में जाते हैं वे बदल जाते हैं।"

मनोहर ने राधिका के दोनों हांथों को पकड़ा और सोफे पर बैठाते हुए कहा–"हमारे प्यार को 20 साल हो गये पर अब भी तुम्हे मुझ पर विश्वास नहीं! मैं सिर्फ 5 साल के लिए राजनीति में जाऊँगा और जो करना है उसे करके राजनीति छोड़ दूंगा।"

"पर यदि तुम्हें नेतागीरी का चस्का लग गया तो। हो सकता है तुम्हे और उपर उठने का लालच हो जाये।"

"आज अनन्या इंटरप्राईजेज जिस मुकाम पर है वहाँ अगर मैं चाहूँ तो सलाना क्या हर महीने करोड़ों रुपये कमा सकता हूँ। पर मैने ऐसा नही किया क्योंकि मेरे मन में लालच नही है। मुझ पर विश्वास रखो आगे भी ऐसा ही होगा।"

राधिका ने मनोहर के कंधे पर सिर रख दिया और बोली–"पर कभी भी तुम अपने आपको मत बदलना, किसी भी तरह से नहीं।"

मनोहर ने राधिका के सिर पर हाथ फेरते हुए कहा–"वादा रहा।"

इसके बाद मनोहर उस राजनीतिक दल से मिला जिसके इस बार के लोकसभा चुनाव में जीतने कि संभावना सबसे ज्यादा थी। मनोहर ने राजनीति में आने की इच्छा जताई। वे लोग तुरंत उसे अपनी पार्टी में लेने को तैयार हो गये। पर पार्टी में शामिल होने से पहले मनोहर ने एक शर्त रखी–"मैं आपकी पार्टी में शामिल हो तो जाऊँगा पर मेरी एक शर्त है।"

नेता ने बड़बड़ाते हुए पूछा–"बताईये क्या शर्त है आपकी। हम आपको अपनी पार्टी में शामिल करने के लिए कोई भी शर्त पूरा करने को तैयार हैं।"

"मुझे एक मंत्रालय चाहिए"–मनोहर ने अपनी मनसा स्पष्ट बता दी।

नेता ने सकपकाते हुए पूछा–"हाँ बताईये कौन सा मंत्रालय चाहिए।"

"शिक्षा, मुझे शिक्षा मंत्री बनना है।"

नेता ने गहरी सांस ली और कहा–"शुक्र है कि आपने कोई बड़ा मंत्रालय नही मांगा। अगर आपने Home Ministry या Defence या Finance या Railway या Foreign जैसे मंत्रालय मांगे होते तो शायद हमें परेशानी होती। पर Education Ministry में कोई दिक्कत नही है। पर फिर भी मुझे हाई कमान से पूछना पड़ेगा। मैं उनसे बात करके आपको बता दूंगा।"

मनोहर को आश्चर्य था कि जो मंत्रालय भविष्य की नीवं है उसे इतना छोटा समझा जाता है। वह वहां से सभी को धन्यवाद देकर चला आया। दो दिन बाद उस नेता का मनोहर के पास फोन आया–"मनोहर जी नमस्कार"

मनोहर ने जवाब दिया–"नमस्ते नेता जी"

"हमने अपने हाई कमान से बात कर ली है। चुनाव के बाद यदि हमारी सरकार बनती है तो वे आपको शिक्षा मंत्री बनाने को तैयार हैं"

"धन्यवाद नेता जी"

"वैसे मैं आपसे एक बात पूछूं?"

मनोहर ने कहा–"जी पूछिए"

"अगर आपको इस मुद्दे पर बात करनी ही थी तो आपको कोई और बड़ा मंत्रालय मांगना चाहिए था और शायद हाई कमान तैयार भी हो जाती क्योंकि आम लोगों के बीच आप काफी लोकप्रिय हैं और आपके हमारे साथ जुड़ने से चुनाव में हमारी पार्टी को काफी फायदा होगा।"

मनोहर मुस्कराने लगा और बोला–"धन्यवाद पर मुझे छोटा ही मंत्रालय चाहिए, शिक्षा मंत्रालय।"

"चलिए उसके लिए तो हमारी पार्टी तैयार हो ही गयी है। पर आपको भी हमारा एक काम करना होगा।"

"बताईये मै आपके लिए क्या कर सकता हूँ।"

"चुनाव में जगह-जगह जाकर आपको हमारी पार्टी का प्रचार करना होगा।"

"अरे मैं इतना बड़ा आदमी थोड़े ही हूँ।"

"आप नही जानते कि आप क्या हैं। आपके प्रचार करने से हमारा वोट बैंक बढ़ेगा। किसान लोग आप पर काफी विश्वास करते हैं। इसलिए आपके कहने से वे हमें ही वोट देंगें। अगर सारे किसान हमारे साथ हो गये तो हमें जितने से कोई भी नही रोक सकता।"

“अगर आपको ऐसा लगता है तो ठीक है, मै आपकी पार्टी का प्रचार करुँगा” (क्योंकि मनोहर को भी तो जितने के बाद शिक्षा मंत्री बनना था।

इसके बाद मनोहर भी चुनावी मैदान में कूद गया। जैसा उस नेता ने कहा था वैसा ही हुआ। आम लोगों तथा किसानों के बीच मनोहर काफी लोकप्रिय था। वे उसकी रैली तथा भाषणों में बढ़-चढ़कर शामिल होते। लोगों को विश्वास था कि मनोहर झूठ नही बोलता। वास्तव में अभी तक मनोहर ने किया भी ऐसा ही था बिना अपनी किसी निजी स्वार्थ के किसानों तथा आम लोगों के लिए उसने बहुत कुछ कर दिया था। इन सब का चुनाव में काफी असर पड़ा और उसकी पार्टी पूर्ण बहुमत से जीत गयी।

चुनाव जीतने के बाद पार्टी मनोहर को और भी बड़ा मंत्रालय देने को तैयार थी क्योंकि इस जीत में मनोहर का बहुत बड़ा योगदान था। पर मनोहर राजनीति में लंबे समय तक नही रहना चाहता था। उसे तो सिर्फ अपनी योजना को लागू करना था और राजनीति से निकल जाना था। इसलिए उसने फिर से शिक्षा मंत्रालय ही चुना। पार्टी ने भी उसे उसकी इच्छानुसार शिक्षा मंत्री बना दिया।

शिक्षा मंत्री बनते ही मनोहर अपनी योजना के क्रियान्वयन में जुट गया। तुरंत उसने अपनी योजना लोगों के सामने रखी और संसद से पास कराया। योजना कुछ इस तरह थी-

- स्कूल चलाने के लिए पूरा Infrastructure सरकार स्वंय मुहैया करायेगी। अर्थात् स्कूल की बिल्डिंग बनाना, उसमें लगने वाले सारे फर्नीचर की व्यवस्था करना, बिजली-पानी की व्यवस्था करना, इन सब की जिम्मेदारी सरकार की होगी।
- एक बार जब स्कूल पूरी तरह तैयार हो जाये तब उसे चलाने की जिम्मेदारी किसी प्राईवेट सोसाईटी/फर्म/कम्पनी को दे दिया जायेगा।

- सरकार बच्चों से ली जाने वाली अधिकतम फीस, शिक्षकों को दी जाने वाली न्यूनतम वेतन, एक स्कूल में बच्चों की अधिकतम संख्या, शिक्षा की क्वालिटी तथा ऐसे ही दूसरे मामलों पर केवल नियंत्रण रखेगी। स्कूल चलाने के लिए दैनिक कार्यकलापों में दखलअंदाजी नही करेगी।
- बच्चों की परीक्षा भी सरकार स्वंय लेगी ताकि शिक्षा की गुणवत्ता का पता चलता रहे।
- पहले यह व्यवस्था कुछ जिलों तथा राज्यों में लागू किया जायेगा और बाद में इसके सफल होने पर, धीरे-धीरे इसे पूरे देश में लागू कर दिया जायेगा।

मनोहर के लिए यह एक नया काम था। कोई भी बात नेताओं से मनवाना इतना आसान नहीं। राजनीति में हर कोई एक दूसरे का पैर खींचने में लगा रहता है। हर बड़ा नेता चाहता है कि दूसरा नेता लोगों के बीच ज्यादा लोकप्रिय न हो। इसलिए मनोहर को अपनी योजना नेताओं से पास कराने में काफी परेशानी हुई। कई नेता तथा मंत्रियों ने इसमें बेवजह की कमियां निकालीं। पर मनोहर के पास थी सच्चाई की ताकत। कोई भी कितना भी खींचातानी कर ले पर हर नेता यह बात जानता था कि मनोहर आम लोगों में काफी लोकप्रिय है। इसलिए वे मनोहर की योजना का बहुत ज्यादा विरोध नही कर सके और इस तरह यह विधीवत सभी जगह से पास हो गयी।

इस योजना के लागू होते ही प्राईवेट स्कूलों ने इसका काफी विरोध किया क्योंकि अभी तक ऊंची फीस लेकर वे काफी अच्छी कमाई कर रहे थे। स्कूलों की संख्या सीमित होने से हर साल उनके स्कूल में बच्चों की एडमीशन भी पूरी हो जाती थी। पर अब उन्हें डर था कि यदि स्कूलों की संख्या बढ़ गई तो फीस कम करनी पड़ेगी और पहले जितनी कमाई अब नही हो पायेगी। पर वे भूल गये थे कि हमारे समाज के लिए शिक्षा एक व्यवसाय नही होना चाहिए बल्कि यह तो रोटी, कपड़ा और

मकान की तरह एक मूल आवश्यकता है। यह तो वह नीव है जिसके दम पर देश का सुनहरा भविष्य निर्भर है। इसलिए इसमें व्यवसाय ठीक नहीं। मनोहर ने यह बात समझी थी। इसलिए उसने सारी मुश्किलों और विरोधों के बावजूद अपनी योजना लागू कर दी।

नये स्कूलों की संख्या बढ़ते ही कम्पटीशन के कारण स्कूलों के फीस में कमी आयी और जिसके कारण अब गरीबों के बच्चे भी अच्छे स्कूलों में पढ़ने लगे। पहले साल में इस योजना को 8–10 शहरों में लागू किया गया। अगले वर्ष इसकी सफलता को देखते हुए इसे पूरे देश में लागू कर दिया गया। हर छोटे तथा बड़े शहर एवं नगर तथा महानगर में सरकार ने कई स्कूल बनवाये और इसे चलाने का जिम्मा प्राईवेट संस्थानों को दिया। दो–तीन साल बाद ही पूरे देश में शिक्षा के खर्च में काफी कमी आई और अब सभी गरीब लोग भी अपने बच्चों को अच्छे स्कूल में पढ़ा सकते थे। भारत के सुनहरे भविष्य की नीव पड़ चूकि थी। अब भारत को हर क्षेत्र में दुनिया में नं. वन देश बनने से कोई भी नही रोक सकता था। पर फिर भी मनोहर सरकार के समय पूरा होने अर्थात् 5 साल तक मंत्री बना रहा। मनोहर पहले ही लोगों में काफी लोकप्रिय था। अब मंत्री बनने के बाद उसने लोगों के लिए शिक्षा के क्षेत्र में जो काम किया उससे वह और भी लोकप्रिय हो गया। अब लोग उसे और बड़ा मंत्री के रुप में देखना चाहते थे। सरकार भी मनोहर को अपने साथ बनाये रखना चाहती थी। पर मनोहर ने जैसा पहले से ही तय किया था तथा जो राधिका से वादा किया था उसी पर कायम रहा और 5 साल पूरा होते ही उसने राजनीति से सन्यास ले लिया। उसके इस फैसले से हर कोई आश्चर्यचकित था क्योंकि अब यदि मनोहर चाहता तो राजनीति में वह एक लंबी पारी खेल सकता था। एक बार तो राधिका का मन भी बदल गया। उसे लगा कि सिर्फ उसे दिये गये वादे के कारण ही मनोहर राजनीति छोड़ रहा है। उसने मनोहर से बात की–"तो क्या यह तुम्हारा Final Decision है"

"और नही तो क्या, मैने तुमसे वादा किया था।"

"अपने मन पर कोई बोझ मत रखना। अगर तुम्हारा मन कहता है कि तुम्हें राजनीति में Continue करना चाहिए तो सिर्फ मुझे दिये गये वादे के कारण राजनीति मत छोड़ो।"

"नही ऐसी बात नही है राधिका। दरअसल मैं लम्बे समय के लिए राजनीति में गया ही नही था। राजनीति में जाने का मेरा एकमात्र उद्देश्य था कि मै अपने योजना को लागू कर सकूँ। मैने उस योजना को लागू भी कर दिया है और अब वह सुचारु रुप से आगे भी बढ़ रही है। मेरा और कोई लालच नही है। इसलिए अब मै राजनीति में नही रहना चाहता।"

"चलो अच्छा है। जीवन की आपा-धापी में हमें एक दूसरे से ठीक से बात करने का भी समय नही मिल पाता है। देश-समाज की बात तो ठीक है, पर सच कहा जाये तो हमारे वे स्कूल वाले दिन ही अच्छे थे जब हम तुम साथ बैठकर पढ़ते थे और हम दोनों ने मिलकर दो-दो बार वो क्विज प्रतियोगिता जिती थी। चलो एक लम्बी छुट्टी लेकर कहीं चलते हैं।"

"हाँ सही कह रही हो, मुझे भी अब थोड़ा दिन आराम करने का मन करता है। बोलो कहाँ चला जाये।"

"जहाँ तुम कहो।"

"मुझे तो अपना गाँव ही बहुत याद आता है, वो तालाब, तालाब के एक तरफ फुल-पत्तियां तो दूसरी तरफ कतार से अलग-अलग तरह के पेड़।"

राधिका ने मनोहर की खिंचाई करते हुए कहा–"माँ सच कहती है, थोड़े पुराने खयालात के हो।"

मनोहर ने मुस्कराते हुए कहा–"कही और चलना है?"

"नही मैने तो ऐसे ही कह दिया। हमें तो बस शांति चाहिए। चलो गाँव ही चलते हैं"

लोगों के लाख मना करने के बावजूद मनोहर ने राजनीति से सन्यास ले लिया। इसके बाद वह अपनी माँ-पिताजी, अनन्या और राधिका के साथ अपने गाँव पहुंचा। गाँव अभी भी मूलतः वैसा ही था पर अब बहुत कुछ बदल चुका था। जहां पहले कई घर कच्चे थे, वहां अब सारे घर पक्के हो गये थे। गाँव के अब सारे बच्चे स्कूल जाते थे और पढ़ते भी थे। गाँव तक पहले कच्ची सड़क थी जो अब पक्की हो गयी थी। कुल मिलाकर गाँव में अब विकास स्पष्ट रुप से दिख रही थी।

अगले दिन सुबह-सुबह नहा-धोकर मनोहर उसी तालाब पर गया जहां वह बचपन में अपने मित्र संतोष के साथ घंटों समय बिताता था। अभी भी वहाँ का दृश्य वैसा ही था। पेड़ वैसे ही खड़े थे। दूसरी तरफ फुल अभी भी खिल रहे थे। हवा हल्की तेज चल रही थी जिसमें फुलों के साथ-साथ पेड़ों की शाखाओं तथा पत्ते भी हिल रहे थे, मानो वे मनोहर का गाँव में स्वागत कर रहे थे। मनोहर उसी चबुतरे पर बैठ गया जहां वह अक्सर संतोष के साथ बैठा करता था। एक पल के लिए उसे लगा जैसे संतोष भी वही बैठा हो और उसे धन्यवाद दे रहा हो।

मनोहर अतीत की गहराईयों में खो गया। कैसे वह अपने गाँव के स्कूल में पढ़ता था, फिर पटना में उसने +2 की पढ़ाई पूरी की जहां राधिका से मुलाकात हुई। फिर इंजीनियरींग पूरा किया, नौकरी मिली तथा राधिका से शादी हुई। कई लम्हों को याद करके चेहरे पर मुस्कान आ जाती तो कभी गुस्से का भाव। कभी असफलता की मायूसी तो कभी सफलता की खुशी याद आती। उसने जीवन में जो लक्ष्य रखा था उसे पा लिया था। पर उस लक्ष्य को हासिल करने का श्रेय किसको मिलना चाहिए। उसके शिक्षक या उसकी मेहनत या किसी और को। उसे लगा सबने तो सिर्फ उसे एक कामयाब इंजीनियर बनने में मदद की। माँ-पिताजी का उसके ऊपर जो कर्ज है वह तो हमेशा रहेगा ही पर उसके जीवन के असली लक्ष्य को हासिल करने में सबसे ज्यादा साथ राधिका ने ही दिया है। अगर वह न होती तो शायद वह ये सब नही

कर पाता। जब वह मायूस हो गया था तो उसी ने उसे हिम्मत दिलायी थी। उसने हर कदम पर उसका साथ दिया था। आदमी जीवन में कई प्रयास करता है, कुछ में सफल होता है तो कुछ में असफल। अपने हिम्मत, मेहनत तथा लगन के दम पर आदमी बहुत कुछ हासिल कर पाता है। परंतु यदि उसे Moral Support न मिले, तो ऐसे कई मुकाम जिसे वह हासिल कर सकता है, नही कर पायेगा। घर के तमाम छोटी-मोटी उलझनों में ही फंसा रह जायेगा। ऐसे बड़े कामों में हमेशा एक ऐसे साथी की जरुरत पड़ती है जो भावनात्मक रुप से उसके साथ रहे और उसका मनोबल बढ़ाये। यह भूमिका एक पत्नी सबसे अच्छे तरीके से निभा सकती है क्योंकि शादी के बाद जीवन पर सबसे अधिक प्रभाव उसी का रहता है। अगर पत्नी साथ न दे और उसकी प्राथमिकता कुछ और हो, जैसे घर, गाड़ी, जेवर इत्यादि, तो इतना बड़ा काम कर पाना संभव नही होगा। जब उसने अनन्या इंटरप्राईजेज की शुरुआत की थी तब उसे पूँजी की सख्त आवश्यकता थी। उस वक्त राधिका ने ही अपने सारे अरमानों तथा इच्छाओं, खाशकर फ्लैट खरीदने की योजना, को किनारे रखकर मनोहर के सपने को सबसे अधिक तरजीह दिया था तथा बिना किसी संकोच के सारे जमा-पूँजी को अनन्या इंटरप्राईजेज में लगाने की इजाजत दे दी थी। यह एक बड़ा फैसला था। अगर उस वक्त उसे पूँजी न मिलती तो वह अनन्या इंटरप्राईजेज का शुरुआत ही नही कर पाता और यह मुकाम हासिल नही कर पाता। इसके बाद भी जब अनन्या इंटरप्राईजेज की शुरुआत हो गयी तब भी राधिका ने हर छोटे-बड़े काम में उसकी मदद की, चाहे दैनिक काम-काज के देखभाल में सहयोग देना हो या फिर अनन्या इंटरप्राईजेज के Overall Monitoring करने में। उसने हमेशा कंधे से कंधा मिलाकर उसका साथ दिया पर कभी भी लोगों के बीच अपने प्रसिद्धी की चिंता नही की। इसलिए उसके जीवन के सफलता का श्रेय राधिका को ही मिलना चाहिए।

उसने ईश्वर को धन्यवाद किया कि उसने उसे राधिका जैसी पत्नी का साथ दिलाया। अब देर हो रही थी। मनोहर गाँव के खेत-खलिहानों को देखते हुए घर वापस लौटने लगा। शायद उसके मन में देश तथा समाज के विकास लिए कोई और योजना जन्म ले रही थी।

The End

www.ingramcontent.com/pod-product-compliance
Ingram Content Group UK Ltd.
Pitfield, Milton Keynes, MK11 3LW, UK
UKHW041845200726
13854UKWH00005BA/2181

9 789380 223025